잘못된
성장

강현주

이음
희곡선

**일러두기**

〈잘못된 성장의 사례〉는 한국문화예술위원회 공연예술창작산실 사전제작활동지원을 통해
집필한 대본으로 2022년 12월 3일 두산아트센터 A연습실에서 낭독되었다. 강현주가
DAC Artist로 선정되어 2023년 9월 5일부터 9월 23일까지 두산아트센터 Space111에서
DAC Artist 프로그램으로 초연된다. 이 출간본은 낭독 이후 한 차례 수정된 버전으로
초연과는 일부 내용이 다를 수 있다.

**작가소개**　　　강현주

1985년 출생. 연극 〈비엔나 소시지 야채볶음〉으로 연출을 시작했고,
〈시장극장〉을 구성/연출, 〈배를 엮다〉를 각색/연출했다.
〈잘못된 성장의 사례〉는 첫 창작희곡이다.

| | |
|---|---|
| 기획·제작 | 두산아트센터 |
| 작·연출 | 강현주 |
| 출연 | 공예지 류혜린 박인지 이지현 이휘종 황상경 |
| 조연출 | 나수경 |
| 프로덕션 무대감독 | 김영주 |
| 무대디자인 | 정승준 |
| 소품디자인 | 권민희 |
| 조명디자인 | 정유석 |
| 음악 | 옴브레 |
| 음향디자인 | 박봉 |
| 영상디자인 | 정혜지 |
| 영상디자인 어시스턴트 | 정경은 |
| 의상디자인 | 오현희 |
| 분장디자인 | 정지윤 |

두산아트센터

| | |
|---|---|
| 센터장 | 강석란 |
| 공연기획 | 김요안 남윤일 신가은 이정연 |
| 전시기획 | 장혜정 유진영 박소언 김하은 |
| 교육기획 | 박찬종 정다운 이보라 |
| 홍보마케팅 | 강소라 강소정 이지혜 |
| 티켓 | 이희정 최시윤 |
| 사무 | 박세연 |
| 기술총괄 | 신승욱 |
| 음향 | 류호성 조준식 |
| 조명 | 황동철 왕은지 |
| 무대 | 강현후 박소연 |
| 하우스 | 권지은 유지민 |

인물 · 무대 · 시간     7

서론     9

실험재료 및 방법

1 · 식물재료 : 애기장대 Col-0     23

2 · 예비 실험     47

3 · 형질전환체 생성     69

4 · 식물체의 환경 스트레스 처리     89

1) 고염 삼투 저온 스트레스 저항성 측정     99

2) 환경 스트레스 관련 유전자 발현 조사 1     115

3) 환경 스트레스 관련 유전자 발현 조사 2     135

결과 및 고찰     159

## 인물

———

혜경       30대 초반. 응용생명과학부 박사과정.
             연구실 초창기 멤버.

은주       50대 초반. 응용생명과학부 교수.
             연구실 PI(책임자).

예지       20대 후반. 응용생명과학부 석사과정.
             현재 최대 관심사는 논문 통과와 대기업 입사다.

인범       20대 중반. 꿈에 부푼 3학년 편입생.
             인턴으로 은주의 연구실에 들어왔다.

지연       30대 중반. 포닥(박사후 연구원).
             현재 임신 중이며 출산 후, 복귀한다.

도윤       30대 초반. 종자원 공무원. 혜경의 동기.
             '유미'라는 이름으로 식물 블로그를 운영 중이다.

## 무대

———

지방 소도시 국립대학 응용생명과학부 식물분자생물학 연구소 실험실.
철제 출입문 바로 앞에는 대형 싱크대가 있다. 수십 번 새것으로 바뀌었을
것 같은 고무장갑, 젖병세척솔, 수세미 등이 걸려있다. 싱크대를 중심으로
양옆에 통로를 만들며 연구원들이 등지고 앉을 수 있는 긴 테이블과 선반이
있는데 그 위에는 각종 연구장비가 있다. 한쪽 벽에는 무균 작업에 쓰이는
클린벤치가 있는데 조금 전까지 누군가 사용한 듯 3분의 1쯤 열려있다.
반대쪽 벽에는 'ㄱ'자 형태로 개인 문서 작업을 위한 작은 테이블과 컴퓨터,
책장 등이 있다. 자리 주인의 성격을 엿볼 수 있다. 출입문 왼쪽 끝 벽에는
저온배양기 한 대와 배양실 출입문이 있고, 오른쪽 끝 벽에는 전산 시스템을
위한 컴퓨터 서버가 소음을 내며 돌아가고 있다.

## 시간

———

여름에 시작해 다음 해 여름까지

# 서론

이 장면은 관객 입장이 완료되기 전 시작된다.
공연 시작 전 안내 멘트가 있다면 이 장면 중간에 나올 수 있다.
공연은 '텅' 소리와 함께 시작이다.


사람은 아무도 없다.
연구실 밖에서 경찰차의 사이렌 소리가 울린다.
누군가 노크한다. 잠시 후, 다시 노크한다.
다시 잠시 후, 문이 아주 조금 열리더니 인범이 고개를 들이민다.
아무도 없는 것을 확인하고 잠시 문 앞에 서서 연구실을 둘러보다
한 바퀴 크게 돌며 기웃거린다.
아직 조심스러운 지 손을 대진 못하고 눈으로만 살핀다.
그러다 누구의 자리도 아닌
가방이나 책, 일회용 컵이나 올려 놓을 것 같은 의자에 앉는다.


그때 작은 '텅' 소리- 동시에 정전.


인범이 휴대전화 손전등을 켠다.
일어나 출입문쪽으로 가려다 무언가를 쳐서 쏟고 만다.
그대로 멈춘다.
몇 번을 갈팡질팡하다 결국 휴대전화 불빛에 의지해
바닥에 쏟아진 물건을 주워 보지만 원래 자리를 알지 못해
또 갈팡질팡한다.

그때, 문이 열리고 휴대전화 불빛을 비추며 혜경이 들어온다.
인범이 놀라 문을 쳐다본다.
그 모습을 본 혜경도 놀라 작게 숨을 들이마시는 소리를 낸다.

**혜경**

누구세요?

> **인범**
>
> 아 저
> (일어나려다 책상 모서리에 머리를 박는다)
> 아!

**혜경**

(반사적으로)

아!

> **인범**
>
> 아…
> (답하려는데 생각보다 너무 아파 눈물이 찔끔 나서)
> 씨…

**혜경**

아 씨?

> **인범**
>
> 아니. 아니고요. 저 한인범인데요.
> 죄송합니다.

**혜경**

한인범?

> **인범**
>
> 인턴이요.

작은 불빛들이 깜빡이더니 불이 들어오고,
다시 기계가 돌아가기 시작한다.
혜경과 인범은 서로를 확인한다.

> **인범**
>
> (다시 인사한다)
> 죄송합니다. 저 이번에 들어온
> 인턴 한인범인데요. 교수님 계시면
> 인사드리고 가려고.
> (아직 아프다)

아… 근데 이걸…

(땅에 떨어진 것들을 어쩌할 줄 몰라

렉 걸린 캐릭터처럼 움직인다)

이게… 불이… 정전. 그래 갖고-

(다시 아프다)

아… 나가려다가… 이게 근데 어디…

이게 뭔지 몰라 갖고-

**혜경**

(휴대전화 손전등을 끄고 인범쪽으로 간다)

아… (떨어진 파이펫팁을 줍는다)

**인범**

죄송합니다.

인범, 우물쭈물하다가 혜경을 돕는다.
혜경이 파이펫팁을 한참동안 주워서 폐기물통에 넣는다.

**인범**

억.

**혜경**

컨탐 돼서 못 써요.

**인범**

예?

**혜경**

땅에 떨어졌잖아요.
그리고 맨손으로 잡았을 거 아냐.
오염 돼서 못 쓴다고요.

**인범**

아… (스스로 한심하다)

죄송합니다-

혜경의 전화벨이 울린다.

**혜경**

(인범에게 양해를 구하는 손짓하며 전화를 받는다)

여보세요?

인범은 자신이 주운 파이펫팁을 폐기물통에 버린다.

**혜경**

네. 저는 지금은 거기 없는데.
네, 롯데리아 사거리요. 도착하신 거예요?
네, 맞아요. 맞는 것 같아요.
초등학생? 많아야 3학년?

(짧은 사이)

네, 감사합니다.

(전화 끊는다)

          **인범**

          죄송합니다.

**혜경**

아- 몇 학년?

          **인범**

          3학년이요.

**혜경**

3학년인데 저게 뭔지 몰라요?

          **인범**

          아- 편입.

**혜경**

아- 편입…

          **인범**

          타과.

**혜경**

아- 타과…

인범이 말하려는데 예지가 문을 열고 들어온다.

**예지**

어? 언니 있었구나.

**혜경**

응.

**인범**

안녕하십니까.

**예지**

(혜경에게)

누구…?

**인범**

이번에 새로 들어온 인턴 3학년
한인범입니다. 아- 편입입니다.

**예지**

아- 편입.

**인범**

예.

**혜경**

(인범에게, 고갯짓으로 예지를 가리키며)

애가 주인이에요.

**인범**

예?

**혜경**

(꺼진 장비가 없는지 살피며)

그거. 아까 컨탐시킨 팁 주인.

**예지**

네?

**인범**

예?

예지가 본인 자리를 살펴본다.
인범은 당황한 기색으로 서 있다.

**예지**

(비어있는 팁통을 본다)

헐.

**인범**

죄송합니다. 제가 정전. 정전 돼서…
나가려다가 이걸… (폐기물통에서 팁을 하나 꺼내)
이거를. (시늉하며) 이르케 쳐서
떨어뜨렸는데. 줍다가…
맨손으로 주워 갖고. 제가 보상을.

**예지**

뭐라는 거야.

(다시 팁 꽂을 생각하니까)

아- 진짜!

**혜경**

정전 땜에 왔어?

**예지**

네. 혹시 다 내려갔을까 봐 확인하려고요.
바로 앞에 있었거든요.

(혜경을 따라 장비와 배양실을 둘러보며)

갑자기 대낮에 무슨 정전이. 여름이라서 그런가.
이 동네 다 내려간 것 같더라고요.

에어컨 너무 틀어대니까.
더워서 다들 제정신이 아니에요.
싸움 났는지 경찰차도 와 있던데?
롯데리아 사거리에.

**혜경**

아…

　　　**예지**

　　　(마지막으로 배양기 문을 열어본다)

　　　수목원은 왜 밀어버려서.
　　　호빵 기계 속에 있는 거 같애.

　　　(숨을 깊게 내뱉는다)

　　　후우-

　　　(인범과 눈이 마주친다)

　　　어- 인턴. 3학년. 편입. 어-

　　　(이름이 생각나지 않는다)

　　　　　**인범**

　　　　　한인범입니다.

　　　**예지**

　　　어. 안녕. 나는 이예지. 석사 4학기.

　　　　　**인범**

　　　　　(꾸벅 인사한다)

　　　　　안녕하십니까.

**혜경**

아. 미안해요. (고개를 내민다)
나는 정혜경. 박사과정이에요.

　　　　　**인범**

　　　　　(다시 꾸벅 인사한다)

　　　　　안녕하십니까.

**예지**

혜경 언니는 이 랩 초창기 멤버. 그리고
지금은 없는데 박사님 한 분 더 있어.
근데 (손으로 임산부의 볼록한 배를 만지는 시늉한다)
곧 출산. 나는 석사부터 들어왔고- 2년 전에.
(짧은 사이)
너 대학원 생각 있어?

**인범**

네!

**예지**

(짧은 탄식) 아…

혜경, 예지 순간 눈이 마주친다.

**예지**

저런- 괜찮아.
인턴하다 보면 곧 생각 없어질 거야.
응- 파이팅.

**인범**

(영문을 모르지만)
파이팅.

은주가 문을 열고 고개만 슬쩍 내민다.

**은주**

어. 별일 없지?

**예지**

네, 교수님.

**은주**

(다시 문을 닫으며)

어-

**예지**

교수님 (인범을 가리키며)

이번에 들어온 인턴.

**은주**

(다시 문을 열며 인범을 대충 본다)

어. 그래.

**인범**

3학년 한인범입니다!

**은주**

(다시 문을 닫으며) 어, 수고오-

**예지**

(급하게) 대학원 생각 있대요!

**은주**

(다시 급하게 문을 열며)

이름 뭐라고?

**인범**

한인범입니다.

**은주**

야무지게 생겼네.

(악수를 건넨다)

**인범**

잘 부탁드립니다.

**은주**

아이고 제가 잘 부탁드립니다.
우리 인범군.

**예지**

첫날부터 정전되고. 스펙타클하지?

**은주**

간다아-

(나가려는데)

**예지**

교수님! 또 정전되면 어떡하죠?

**은주**

비상전력 있으니까 괜찮아.

**예지**

교수님!

**은주**

왜에.

**예지**

가시게요? 아니 앞에 막 경찰차도
왔다갔다하고 너무 어수선해서-

**은주**

아 앞에? 어떤 애 아빠가
애를 때렸다나. 지금은 다 갔어.

**예지**

예? 미친- 애를 왜 때려?

(짧은 사이)

어떡해, 애 너무 무서웠겠다.

**은주**

그러게. 그런 애들은 커서
뭐가 될까.

혜경이 은주를 쳐다보지만 금방 시선을 돌린다.

### 은주

(인범에게)

## 그래, 잘 부탁해.

은주가 다시 세차게 악수를 하고는 신나는 표정으로
연구실을 나간다. 예지, 은주를 다시 부르려다가 만다.

### 예지

(손을 내밀며)

## 나도 잘 부탁.

인범, 예지와 어색하게 악수하는데,
다시 작은 '텅' 소리가 나더니 정전된다.

### 예지

## 아? 아 또!?

예지가 발 구르는 소리가 난다.

잠시 후, 배양기 소음과 컴퓨터 서버 돌아가는 소리가 들린다.
불 꺼진 연구실에 기계 전원 불빛들이 반짝인다.
어떤 것은 일정한 속도를 내며 깜빡이는데 꼭 음악에 맞춰
리듬을 타는 것 같다.

# 실험재료
# 및
# 방법
## 1
## 식물재료 :
## 애기장대 Col-0

혜경이 배양기 문을 연다.
배양기 내부 불빛이 혜경의 얼굴을 밝히더니
천천히 연구실 전체가 밝아진다.
혜경은 재배중인 애기장대를 확인하고,
자리에 앉아 컴퓨터를 켠다.
컴퓨터가 부팅되는 동안 개인 쓰레기통을 비우고
오늘의 스케줄을 세운다.

예지와 인범이 대화하며 복도를 돌아 들어온다.

> **예지**
>
> 환경 스트레스 대응에 관한 연구거든.
> 식물이 성장하려면 필수 영양소가 있어야
> 하는데, 알지? 질소, 인산, 칼륨. 식물은
> 고착화되어 있잖아.
>
> (혜경에게 인사한다)
>
> 언니!

> **인범**
>
> (인사한다)
>
> 안녕하세요.

**혜경**

어-

> **예지**
>
> 그런데 토양에 염도가 높거나, 가뭄이나,
> 고온 같은 스트레스 상황은 성장을 방해하겠지?
> 그래서 식물 스트레스 저항성 유전자를
> 찾는 게 목표야. 그러니까- 어- 어떤 환경에서도
> 잘 자랄 수 있는 유전자! 크게 봤을 때 식량문제?
> 기아문제를 해결할 바탕이 될 수 있으니까.
> 지금까지도 생리학적인 연구는 많았는데
> 분자 수준으로 규명한 경우는 없었어. 교수님은
> 일종의 슈퍼크롭을 만들겠다! 이거지.

**인범**

오- 되게 인도주의적 인류애이네요.

**예지**

웅. 바로 그걸 위해서 니가 팁 꽂고,
비품정리하고, 설거지 하는 거야.
대단히 의미 있지 않니?

**인범**

넵.

인범, 비품 정리를 하러 일어선다.
혜경은 예지가 재밌다는 듯 작게 웃는다.

**예지**

(혜경에게)

교수님 안 오셨죠?

**혜경**

어.

**예지**

(깊은 탄식)

아-

**혜경**

(사이)

아직 안 보셨대?

**예지**

보셨다 안 보셨다 말도 없어요. 카톡은 읽씹.
언니 때도 이랬어요?

**혜경**

음- (작게 부정하는 고갯짓)

**예지**

아. 나 진짜 이번 학기에 졸업해야 되는데!

일부러 피하시는 거 같아요.

**혜경**

전화 해봤어?

**예지**

한 100통은 했을 걸요. 저 지금 거의
교수님 스토커 된 기분. 하루종일 교수님 생각만
해요. '교수님은 지금 뭘 하고 있을까?', '밥은
드셨을까?', '혹시 운전중이실까? 그래서
내 전화를 못 받으시는 건가!' 어제는
자다가 깨서 '집으로 찾아가볼까?' 하면서
바지까지 갈아입었는데, 남친이
미친 거 아니냐고.

**혜경**

누구? 교수님?

**예지**

저요. 저. 무섭대요. 헤어지면 지한테도
그럴 거냐고. 소름 돋는다고.

**혜경**

요즘 좀 그런 때라서…
내일 랩미팅 때 다시 말씀드려.

**예지**

네. 아예 다 뽑아놨어요.

**인범**

(시약장을 보고) 선배님, 이런 건 다
연구비로 사는 거예요?

**예지**

어. 우리 귀한 연구비로 사는 거니까
막 펑펑 쓰면 안 돼.

**인범**

네.

**예지**

(인범에게) 아. 여기 와봐. (모니터 화면을 보여준다)
여기 보면… 여기. (화면을 손으로 짚어준다)
시약은 살 때마다 구글 클라우드에 입력해.
시약명, 보관 위치, 구매 날짜, 카스 넘버 같은
정보를 기록하고. 아. MSDS는 저쪽 폴더에
있다. 예전엔 그냥 공용 폴더에 있는 엑셀에
입력했는데 이게 더 편하더라고.
누가 뭘 구매했는지도 알 수 있으니까
중복 구매도 피할 수 있고. 지금 니가 쓸 일은
없겠지만. 대충 이렇게 진행한다- 이런 건 알면
좋잖아?

**인범**

네, 알겠습니다.
(다시 비품 정리하러 간다)

**예지**

(혜경에게)
근데 왜 요즘이 그런 때예요?

**혜경**

아- 2학기니까…

**예지**

왜요? 뭐 있어요?
2학기가 뭐, 매년 오는 2학긴데?
(인범을 살피고는 입모양으로)

뭔데요? 왜! 와이?

예지의 휴대전화 문자 메시지 진동이 울린다.
메시지를 확인한다.

> **예지**
>
> (기가 차다) 하! 대박. (휴대전화 화면을 보여준다)
> '예지야, 우편물 좀 받아주겠니?' 하!

**혜경**

교수님?

> **예지**
>
> 어떻게. 내가 바로 위에 보낸 이 장문의
> 메시지에는 답이 없고, '우편물 좀 받아주겠니?'

> > **인범**
> >
> > 제가! (잠깐 사이) 제가 받아올까요?
>
> **예지**
>
> (인범을 쳐다본다)
> 인범아. 우편물 좀 받아주겠니?

> > **인범**
> >
> > 네!

**혜경**

내가 갈게. 나도 받을 거 있어.

> > **인범**
> >
> > 선배님 것도 제가 받아오겠습니다.

**혜경**

개인적인 거야. 내가 갈게.

**인범**

(눈치 보며) 아… 예.

**예지**

(괜히 웃으면서) 언니, B동인데.

**혜경**

어. (나간다)

**예지**

(사이) 아으.

인범, 비품 정리를 마저 하고 쓰레기통을 비운다.
개인 책상 아래 개별 쓰레기통을 비우는데
혜경의 쓰레기통은 이미 비워져있다.
혜경의 책상 위에 펼쳐진 연구노트를 잠시 보는데 실례인가 싶어
곧 시선을 돌린다.

**인범**

혜경 선배님은 늘
연구실에 계신 것 같아요.

**예지**

웅? 왜?

**인범**

일찍 오시고. 또. 늦게 가시고.
개인 물건도 여기로 받으시고.

**예지**

아. 아니야.

**인범**

… 예?

**예지**

아니. 여기 거의 붙박이는 맞는데, 저 언니
그런 거 못해서 그래. 후배들 시키고 그런 거.
자기가 가려고 그냥 한 말일걸?

**인범**

네?

**예지**

아까. 개인적인 거라고. (사이)
아니이… 다른 랩은 청소규칙 같은 거 정해서
막내들 다 시키기도 하는데. 그게 맞다는 건
아니다? 여긴 저 언니가 그런 거 못해서 안 해.
박사님은 가끔 잔소리 하는 스타일인데,
가운데 낀 사람이 못 그러고 자기가 하고 마는데
뭐 어쩌겠어. 나도 그냥 반쯤 모르는 척 넘겨.

**인범**

(혜경이 나간 문을 본다)
아—

**예지**

너는 안 되지.
넌 너의 본분을 지켜야지. 인턴.

**인범**

(예지를 향해 경례)
인턴!

**예지**

그래서, 2주차 됐는데 적응 좀 된 거 같아?

**인범**

(어색하게 웃는다)
아직은… 다 신기하고 그렇습니다.

**예지**

첨엔 다 그렇지. 멋있게 보이고.

**인범**

네. 시약병도 멋지고.
현미경, 파이펫 들고 있는 것도 멋있고.
실험할 때 집중해서 미세한 세포를
뚫어져라 보는 거. 그런 거.

**예지**

그건 다른 분야 연구실도 다 그렇잖아.
식물이든 동물이든 미생물이든 상관 없는데?

**인범**

아… 저는 어릴 때도
식물 좋아하긴 했는데, 군대에서…

**예지**

군대 얘기하게?

**인범**

물어보셔서.

**예지**

어. 말해.

**인범**

군대에서…

**예지**

(인범 말을 자르며)
너 뭐였는데 군대에서?
운전병, 포병 이런 거 있잖아.

**인범**

예초병이요.

**예지**

예초병?

**인범**

예. (잔디 깎는 시늉을 한다) 달달달달.

**예지**

(놀리듯)

너 잔디 깎다가 식물과 사랑에 빠졌다 이런 거야?
꼬오옥 1학년에 그런 애들 있다아.

**인범**

아니요. 예초병은 그런 생각할 틈도 없이
진짜 힘듭니다. 작업 끝나고 코풀면
흙 나와요. 진짜. 진짜요. 그래서 휴가 많이
주거든요. 원래 힘든 보직이 휴가 많이
주는데 진짜-

**예지**

응. 말해.

**인범**

(다시 마음 잡고 헛기침한다)

잔디 깎을 때가 아니고, 행군하고 바닥에
퍼질러 있다가 일어나면 제가 앉았던
자리에 있던 뭔지 모를 잡초나 들풀이
다 짓눌려버리잖아요. 문득 '잡초는
태어나서 그 땅에 그대로 박혀 있을 수
밖에 없는데 비 오면 비 맞고, 눈 오면
눈 맞고, 이렇게 누가 엉덩이로
깔아뭉개면 도망도 못 가고 그대로
뭉개지면서 사는구나. 참 안 됐다.' 그랬…

**예지**

(여전히 놀리는 투로)

**그럼 그 잡초의 생명력에 반해서?**

혜경이 큰 소포를 가지고 들어온다.

**예지**

(계속 묻는다) 어?

**인범**

(짧은 한숨 쉬고, 혜경에게) 저 주세요.

**혜경**

어- (인범에게 넘겨준다)

**예지**

(인범을 눈으로 좇으며) 어? 어?

**혜경**

교수님 책상에 둬.

**인범**

네.

**예지**

(혜경에게 대충 인사한다) 고마워요, 언니.
(곧바로 다시 인범에게) 야, 왜 말을 하다 말아.

**인범**

전 이제 말을 아끼겠습니다.

**혜경**

(자리에 앉으며 예지에게) 왜?

**예지**

아니 인범이가 군대에서 잡초 깎다가…

**인범**

(짧은 한숨)

하-

**예지**

아니아니 잡초를 엉덩이로 깔아뭉개다가
잡초의 생명력에 빠져서 여기 왔다잖아요.

**혜경**

어?

**인범**

(소포의 이름을 확인한다)

혹시 식물학자 최정호?

인범이 소포를 들어 이름을 가리켜 보여준다.

**혜경**

(조금 놀라서) 어.

**예지**

최정호 교수님 알아?

**인범**

탐험하는 식물학자!
『식물학자의 탐험일기』!

**예지**

그걸 읽은 사람이 있다니.

**인범**

티비에서 다큐도 한 적 있잖아요.
〈탐험하는 식물학자 최정호의 식물이야기〉.

**예지**

그걸 본 사람이 있다니.

**인범**

완전 식물학자가 될 운명을 타고난
분이잖아요. 아홉 살 때부터 부모님
따라 농사일 배우고, 그때부터 자연에
완전 빠져서 대학에서도 식물분류학
공부하고. 자생식물들 찾아서 진짜
우리나라 구석구석- 어- 산이고 섬이고
다 찾아가잖아요. 그- 꽃가루 알레르기!
그 알레르기 때문에 결막염 걸리고,
벌레한테 뜯기고, 산짐승 만나서 죽을 뻔
하고. 그런데도 탐험을 가잖아요.
진짜 대박. 완전 멋있어요.

**예지**

너 뭐 식물 덕후 이런 거야?

**인범**

(감격해서)
그 최정호!

**혜경**

교수님 친구분이셔.

**인범**

(입을 다물지 못한다) 허.

**예지**

(인범을 보고 입을 다물지 못한다) 허.

**인범**

군대에서 그 다큐 감명 깊게 봤거든요.

**예지**

군대에서 봐서 그래.

**인범**

그런 대단한 분이 교수님 친구분이셨다니.

**예지**

그 대단한 분은 교수님 친구분이지
교수님은 아니다.

**인범**

혹시 여기 오시기도 해요?

**예지**

아니? 난 본 적 없는데.

**혜경**

가끔 그렇게 표본만 보내셔.

**인범**

표본이요?

**예지**

어. 그거.

**인범**

(소포를 다시 본다) 이야- 표본.
다른 표본들도 여기 있어요?

**혜경**

응. 표본실에. (손가락으로 가리키며) B동.

**인범**

대박. (짧은 사이) 제가 진짜 꼭 만나고 싶은
사람이 두 명 있는데요. 한 명이 식물학자
최정호 교수님. 다른 한 명은 식물블로거
유미 님!

혜경, 예지 눈을 마주친다. 인범이 두 사람의 반응을 보는데
예지가 갑자기 크게 웃음을 터뜨린다.
혜경도 피식 웃는다. 인범은 어리둥절하다.


잎사귀가 바람에 흔들리는 소리가 들리더니 작은 동물이
그 잎사귀 사이로 빠르게 지나는 소리가 난다. 그 뒤로 작은
꽃봉우리가 탁. 하고 터지는 소리가 나더니 저녁이 된다.
모니터 화면에는 식물블로거 유미가 운영하는 [식물이 있는 하루]
Q&A 페이지가 띄워져 있다. 혜경이 자리에 앉아 모니터 화면을
보고 있고, 도윤은 그 옆에 서 있다.

**혜경**

'안녕하세요, 유미 님. 저는 [식물이 있는 하루]를 즐겨 찾는
평범한 고1 학생입니다. 글을 남기는 건 처음이네요.
저는 원래 생명과학쪽으로 진로를 생각하고 있었어요.
지난 여름 방학엔 담임선생님의 추천으로 캠벨을
읽었습니다. 아직은 어렵지만 ㅎㅎ'
(도윤을 본다)

**도윤**

아 더 봐.

**혜경**

'그런데 유미 님의 블로그를 보며 우리나라 자생식물에 대해
관심 갖게 되었습니다. 우리 땅에서 자라는 식물의 계통과
연관관계에 관한 글에서는 식물 분류가 마치 식물의
족보를 만들어주는 듯했어요. 인간의 삶을 들여다보는 것
같았달까요?ㅎㅎ' 순진한 학생이 감성 터지는 아저씨
글에 낚였구만. '저도 유미 님처럼 식물학자가 되고 싶어
부모님께 말씀드리니 취업 전망이 좋은 학과가 아니라며
조금 더 고민해보는 게 어떠냐고 하십니다.' 그렇지. '항상 제

편을 들어 주시던 부모님이 그렇게 말씀하시니 서운하기도
하고 속상합니다. 유미 님. 저는 어떻게 해야할까요. 이미 제
마음 속엔 식물이 콕 들어와버렸는데요.' (도윤을 본다)

**도윤**

(곤란한 표정)

뭐라고 해?

**혜경**

'전 사실 식물학자가 아닙니다. 그냥 공무원이에요.'

**도윤**

아이 어떻게 그래. 이렇게. 이렇게 절절한데!
마음속에 '콕' 들어왔다잖아. '콕'.

**혜경**

그러게 왜 블로그를 해서 사람들을 낚고 다녀.

**도윤**

내가 무슨 사람을 낚아?
난 그냥 나의 순수한 호기심과 애정을
글로 남기는 거지. (칭얼댄다)
뭐라 그래애? 어? 벌써 하루 지났어.
고1짜리 여학생의 마음을
이렇게 무시해서 되겠어?

**혜경**

걸걸한 남학생일 것 같은데.

**도윤**

(화면을 가리킨다)

여기 닉네임에 이모티콘! 토끼.

**혜경**

지는 닉네임이 '유미'면서.

**도윤**

나 분류학 잘 몰라아아!

**혜경**

나도 분류학 몰라.

**도윤**

나보단 잘 알잖아.

**혜경**

잘 모르는데 글은 왜 썼냐.

**도윤**

그냥 종자 얘기 몇 개 쓴 거였어.

**혜경**

그냥 한라봉 얘기나 쓰지.
그럼 니 후배가 되겠다고 했을 텐데.

**도윤**

그것도 벌써 썼어. '한라봉, 레드향, 천혜향이
모두 일본 품종이라는 걸 알면 배신감을 느낄
국민이 많을 것이다.'

**혜경**

너 이런 거 하면 회사에서 뭐라고 안 해? 공무원이?

**도윤**

공무원은 취미생활하면 안 돼?
그리고 내가 얼마나 열심히- 어?

농사 짓는데. 이거 봐 이거.
피부 다 타써어. (짧은 사이)
그냥 뭐 꽃 이름이나 물어볼 줄 알았지.
고딩이 진로 상담할 줄 알았냐.

(싱크대로 가서 설거지 한다)

**혜경**

(연구노트를 정리하며)

괜히 낭만적인 답 달지 말고, 부모님 말 들으라고 써.
인기 없고, 성과 내기도 힘들어서 지원 받기도
어려운 분야라고. 하다 보면 의욕 잃는 사람 많다고.
야책 메고 산도 타야 되지, 산모기에 뜯기지,
거머리에 물리지. 몸과 마음을 자연에 주지 않으면
못할 거다.

**도윤**

(끄덕인다) 음. 그건 빼야겠다.
'몸과 마음을 자연에 주지 않으면 못할 거다.'
(혜경의 시선을 느끼고) 낭만적이잖아!

**혜경**

권또. 너 뭐해?

**도윤**

설거지.

**혜경**

뭐.

**도윤**

인턴 왔다매! 이런 거 좀 시키지.

**혜경**

··· 괜히 쌓아두게 되잖아.

**도윤**

(설거지를 마치며)

끝.

도윤이 고무장갑을 싱크대에 건다.
물이 한 방울씩 똑똑 떨어진다.
혜경이 배양기 문을 연다. 환한 빛이 쏟아진다.
그 안에 재배 중인 애기장대가 있다.
혜경이 애기장대 상태를 살피며 사진 찍고,
연구노트에 기록한다.

**도윤**

저온처리하고 옮긴 거?

**혜경**

어. 이틀.

사이

도윤도 애기장대를 살피러 옆으로 온다.

**도윤**

우리 애기장대 처음 심었을 때 생각나?

**혜경**

어. (웃는다)
우리 조만 안 자랐잖아.

**도윤**

씨앗 소독하고 제대로 안 말린 거 아니냐고.
아가 파우더 너무 많이 넣었다고. 특히. 특히. 수현이
그 새끼가 계속 내가 배지 잘못 만든 거라고.

**혜경**

맞아. 그랬다. (생각난 듯) 아- 너 그때 맞다. 그거 땜에
열받아서 배지 다 꺼내놨잖아. 햇볕에.
멸균배양인데. '하- 저게 바로 미친 거구나' (고개 젓는다)

**도윤**

어. 수현이 그 새끼- 나 딱 들어가니까.
'야, 이 또라이 새끼야아아아아아!'

**혜경**

그때 맞았나?

**도윤**

무스은- 헛발질하다가 내 앞에서 자빠졌잖아.
나는 졸라 뛰다 자빠지고, 둘이 막 욕하고,
또 둘 다 겁은 많아가지고 치고받고는 못해요.
결국 술 먹으면서 화해하고 돌아왔는데
니가 혼자 배지 다시 만들고 씨드 심고
설거지하고 있었잖아.

**혜경**

흠. (한심하다는 듯 고개 젓는다)

**도윤**

막 니 뒤로 막. 어? 후광이 막 촤아아아아악.
그때 생각했잖아. 아- 나는 쟤 옆에
딱 붙어있어야겠다. 그래야, 졸업을 하겠구나.
(혜경의 등 뒤에서 장난스럽게) 후광 촤아아아악.

**혜경**

이제 졸업했는데 그만 붙어있지 그래.

**도윤**

바꿨어. 니가 졸업할 때까지로.

**혜경**

(못마땅한 한숨) 하아-

긴 사이

두 사람은 애기장대를 한참 본다.
연구실 밖에서 경찰차 사이렌이 울린다.
도윤은 신경 쓰지 않지만 혜경은 잠시 고개를 돌린다.
곧, 사이렌 소리는 연구실을 지나쳐간다.

**도윤**

애들은 조용히 잘 자라네.

**혜경**

… 안 조용해.

**도윤**

(잠시 소리를 들어본다) 뭐가 들려?

**혜경**

그냥 우리 귀에 조용한 거야.
살려고 바둥대는 생명이 조용할 리가 있어?

도윤, 잠시 애기장대를 살피는 혜경을 보다가

**도윤**

너. 너! 왜 이렇게 잔인해졌어? 어?
그렇게 바동대면서 큰 애들한테 이제 곧
중금속을 뿌릴 거잖아. 어우 무셔.

**혜경**

(한심하다는 듯 도윤을 본다)
너한테 뿌리기 전에 그만 꺼져라.

혜경이 배양기 문을 '쾅' 닫는다.
순간, 연구실이 어두워진다.

# 실험재료 및 방법

## 2

## 예비 실험

스크린에 랩미팅 발표 자료가 뜬다.
혜경은 스크린 옆에 서 있다.

**혜경**

나트륨에 반응을 보였었는데. 이게…
칼륨 농도 때문인지 반응이 사라졌고. 칼륨 농도를
증가시켜봤는데- 아직 확인은 못했습니다.

사이

**은주**

어… 그럼 뭐야. (볼펜을 딱딱거리며)
하나 밖에 안 됐다는 거네?
나머지는 결과 안 나왔고?

**혜경**

네.

**은주**

이래서 맞출 수 있어?
스피드 좀 내에- 뭐 들을 게
없네. 어? 논문 안 찾아봐?
최근 동향을 봐야지.

은주가 자신의 책상에서 페이퍼 하나를 가져와
혜경 앞에 툭 놓는다.

**은주**

거기 뒤에 그림 봐봐. 응?
그렇게 나와야지.

혜경, 은주가 말한 도표를 살펴보고는 다시 페이지를 덮는다.

**은주**

나보다 안 찾아보면 어쩌자고.
니 실험 니가 제일 잘 알고
있어야지. 니가 나한테 설명을
해줘야 할 거 아냐. 뭐 결과도
안 나오고. 원인도 못 찾고.

**혜경**

조건 세분화해서 다시 보고, 데이터 정리해서
다음 미팅 때 발표하겠습니다. (사이) 교수님?

**은주**

어. 알았어.
(기지개 켜며 일어난다)
속도 좀 내고. 어?

**혜경**

네.

은주가 일어나는 것을 본 예지가 형광등 스위치를 켜는데
인범이 들어온다.

**인범**

안녕하십니까.

**예지**

수업 끝났어?

**인범**

네, 오늘 오전 수업 밖에 없어 갖고.
(은주에게) 교수님, 안녕하십니까.

**은주**

어. (기억이 날 듯하다)
어어어.

**예지**

이번에 새로 온 인턴이요, 교수님.

**인범**

한인범입니다.

**예지**

인범이 그때 인사드렸는데.

**은주**

맞다. 우리 인사했지.

**인범**

아 그날은… 네. 제가 사고만 치고.

**은주**

무슨 사고?

**인범**

아, 아닙니다-

**예지**

어두운데 움직이다가 제 책상 다 쏟고 그랬어요.

**인범**

아. 다는 아니고…

은주의 문자 메시지 알림음이 난다.

**은주**

그날 이 동네 다 정전이었지이-
(메시지를 확인한다)
어머. 어머어머.

**예지**

왜요, 교수님.

**은주**

어머. 나 뼈찜 예약 대기
걸어놨는데 내 차례 왔어.

**예지**

예?

**은주**

(휴대전화 화면을 보여준다)

진짜 맛있겠지?

(아쉬움에)

흐웅- 두 명 밖에 안 걸려서.

(가방을 챙긴다)

내가 오늘 오 교수랑 가보고
맛있으면 우리 다같이
한번 가자. 어? 우리 담주에.
인턴…

**인범**

한인범입니다.

**은주**

어. 인범이도 왔으니까.
같이 저녁 한번 먹자?

(짧은 사이. 인범에게)

그래. 저기 선배들한테
이것저것 많이 물어봐.

**인범**

예, 알겠습니다.

**은주**

(일어난다)

그래, 그럼 다들 점심 맛있게
먹고-

**예지**

(급히 은주를 잡는다) 교수님.

**은주**

어.

**예지**

(논문초고 인쇄물을 건넨다) 이거.

**은주**

메일로 보내지.

**예지**

메일로 보냈죠.

**은주**

어– 메일로 볼게. (나가려다가)
아직 한 학기 남았는데 뭘.

**예지**

아, 교수님.

**은주**

보게. 보게.

**예지**

저 진짜 한 학기 더 못 다녀서 그래요.

**은주**

누가 한 학기 더 다니래?

**예지**

교수님이 안 봐주시면요!

**은주**

아직 시간 있으니까
천천히 꼼꼼하게 보게.
(예지가 다시 말하려는데)
그보다 지연이도 없는데–
(혜경을 턱으로 가리키며)
좀 도와주구. 랩 과제도
신경 써. 혜경아.
지연이 연락온 거 없어?

아직 조리원에 있대?

**혜경**

네, 어제 교수님이 메일 보내셨다고
톡 넣었는데 확인 못 했대요.

**은주**

애 혹시 일부러 안 보는 거
아니야? 조리원은 노트북
못 가져가?

**예지**

무슨 조리원에 노트북이에요, 교수님.

**은주**

아니 애 딴 생각할까 봐 그러지.
다시 연락 한번 해봐.

**예지**

아- 교수님. 제 메일은요!

**은주**

보께. 간다.

**인범**

식사 맛있게 하십시오.

은주, 나간다.

**예지**

교수님… 진짜- (은주를 더 잡지 못해 한숨 쉰다) 하-

사이

**예지**

언니. 전 지금 입맛 없는데. 언닌 점심 드실 거죠?

**혜경**

응. 논문 때문에?

**예지**

네. 입맛 다 떨어졌어요. 교수님 진짜 너무해.
아니 내 논문 봐줄 시간은 없고
맛집 예약 할 시간은 있어요?

**혜경**

뭐 사다 줘?

**예지**

아니에요.

**혜경**

(인범에게) 넌?

**인범**

전 오전 강의 듣고 먹고 왔습니다.

**예지**

언니 먹고 오세요.
아! 논문 생각 빨리 털어버려야지.
배지나 만들고 있어야겠다.

**혜경**

어.

인범은 아직 풀지 못한 가방을 내려놓는다.
혜경은 랩미팅 자료를 정리하며 나갈 준비를 한다.

**인범**

(혜경에게)

미팅은 잘 끝나셨어요?

**혜경**

어? 어⋯ (인범이 궁금해하는 걸 눈치채고)

우리가 연구 중인 게 환경 스트레스에 저항해서

정상적으로 성장할 수 있게 하는 유전자를 찾는 거야.

알지?

**인범**

네.

**혜경**

있잖아. 찾는다는 건 그 안에 있다는 거야.

저항 유전자가.

**인범**

(의미를 이해 못한다)

네?

**혜경**

음. 이제 애기장대라고 모델식물이 있는데,

어- 애기장대는 사실 일종의 잡초거든? 식물 중에

처음으로 유전체 분석이 완료된 건데. 데이터도 많고

다 자라도 손바닥 안에 들어갈 정도로 작아.

**인범**

배양실에 있는.

**혜경**

어. 이런 작은 실험실에서

옥수수 같은 건 못 키우니까.

**인범**

아⋯ 벼 같은 걸로 연구하는 사람은

없어요? 재밌을 것 같은데.

**예지**

(웃는다)

야, 너 벼를 일 년에 몇 번 수확해?

**인범**

한 번?

**예지**

일 년 내내 농사 지었는데 그해 농사 망하면
어떻게 되겠어?

**인범**

제 인생도 망하겠네요.

**예지**

대학원을 10년은 다녀야 될 걸.

**혜경**

'애기장대에게 진실인 것은 쉐콰이어에게도
진실이다.'라고 하거든? 모델식물로 연구하고 이후에
적용하는 거야. 우리처럼 유전자 연구를 할 땐
안정화 시키려면 4세대까지는 봐야하는데, 애기장대는
다 자라는데 6주면 되고, 씨앗도 많이 생산해.
형질전환도 용이하고.

**인범**

아…

**예지**

유전자를 집어넣고 빼기 쉽다고.
사람으로 치면 팔이 없거나 다리가 짧거나
머리카락 없는 모델을 만들기 쉽다고.

**인범**

꼭 예를 들어도.

**혜경**

(책상 정리를 마치고 일어난다)

기초생명공학실험 들어?

**인범**

네.

**혜경**

그때 배지 만들었지?

**인범**

아직이요.

**혜경**

어. 그 수업 때 만드는 거랑 용도는 다른데…
옆에서 보면서 예지 좀 도와주고 있어.

**인범**

네.

**혜경**

(예지에게) 갔다 올게.

**예지**

네에.

**인범**

식사 맛있게 하세요.

혜경, 나간다.
인범은 기다리지만 예지는 바로 일어나지 않는다.
인범, 한참 기다리다가

**인범**

선배님은 왜 식물학자가 되려고
하신 거예요?

**예지**

(사이)

인범아. 난 내년엔 정말 널 보고싶지 않다.

**인범**

네?

**예지**

(몸을 일으키며)

봐. 여기 있으면 둘 중 하나야.
하루 19시간씩 처박혀서 나를 갈아넣으면서
연구하는 거. 결혼은 못 해. 19시간 연구하는데
사생활이 어디 있어. 아니면 결혼하고
애도 낳아. 어떻게 되겠어? 집이랑 연구실이
양쪽에서 날 잡아당기는 거야. 결국 처참하게
찢어져서 너덜너덜해질 때쯤엔
양쪽 다 망하는 거지.

**인범**

으…

**예지**

근데 그거보다 더한 게 있어.
교수님 같은 유형. 교수가 되려면, 어? 죽어라
연구해서 성과 내야 되지? 근데 그 와중에
결혼도 했어. 애도 낳아.

**인범**

와- 가능해요?

**예지**

그러니까! 그게 어떻게 가능해!
난 식물학자가 꿈이 아니야. 내 꿈은 대감 집 종이
되는 거야. 이 대감이나 서 대감댁. (사이)
아, 몰라! 내 이름도 못 올릴 논문에. 하-
(일어난다) 배지가 뭔지 알지?

**인범**

네. 미생물 증식시키는 거요.

**예지**

어. (실험 테이블로 가서 실험 준비를 하며 이야기한다)

미생물배지는 그렇고- 식물배지는 배양할
조직을 지탱하고 양분을 공급해주는 일종의
토양이랑 같은 거야. 이건 뭐 아주아주아주
기초적인 거고, 매번 만들어 쓰면 좋긴 한데
한 번에 만들어서 냉장 보관했다 쓰기도 해.
아. 너 보건증 뗀 적 있어?

> **인범**
>
> 네. 알바할 때.

**예지**

그때 왜 똥꼬 찌르잖아.

> **인범**
>
> (미간을 찌푸린다) 으-

**예지**

그 면봉 넣는 통에 있는 바세린 같이 생긴 그거.
그것도 배지야.

> **인범**
>
> 악. 그거. 헐. 그거 바세린 아니었어요??

**예지**

응. 배지.

> **인범**
>
> 악. 그 바세린. 아니 배지 발린 채로
> 찔렀는데. 그럼 제 그. 여기서-
> (입을 틀어막는다) 헐-
> 미생물 증식되고 있는 거예요? 으아-

**예지**

지금 만들 건 MS배지인데. 우리 연구에서
기본적으로 사용하는 거.

                    **인범**

                    으- 바세린…

            **예지**

            바세린 생각 그만하고. 지금 뭘 만든다고?

                    **인범**

                    아. MS배지? 하…

예지, 작업을 진행하며 빠르게 설명한다.
인범은 옆에서 노트한다.

            **예지**

            어. MS배지는 다른 것보다 질산성 질소,
            암모니아성 질소, 칼륨 함량이 높아.

                    **인범**

                    네. (노트한다) 질산성 질소…
                    암모니아성 질소… 칼륨 함량 높음.

            **예지**

            여기. 증류수, MS파우더, 수크로즈, 아가 파우더.
            먼저 증류수를 400엠엘 약간 안 되게 넣어.
            자- 들고 있어.

                    **인범**

                    네. (증류수를 받는다)

            **예지**

            응. 그리고. 봐. 여기 교반기 위에 비커를 올려.
            여기에 그 증류수를 100엠엘 넣어.

                    **인범**

                    네. (노트하며) 증류수 100밀리리터…

**예지**

응. 됐어. 이제 이걸 켜. (비커를 가리키며)
뭔가 돌아가지? 지금 MS파우더를 0.88g 넣어.

    **인범**

    MS⋯ 0.88⋯

**예지**

응. MS 파우더에는 MES가 들어있거든?
이건 ph 버퍼링 효과가 있어.

    **인범**

    MES⋯ (노트한다)
    완충 작용을 한다는 거죠?

**예지**

오- 응. 수크로즈 4g. 쉽게 말하면 설탕?

    **인범**

마지막으로 수크로즈 4⋯

**예지**

뭐가 마지막이야?

    **인범**

    아. 죄송합니다. 설탕은 왜 넣어요?

**예지**

영양 공급용.

    **인범**

    아. 영양⋯ 영양을 설탕으로⋯

**예지**

(파이펫을 꺼내 들고)
KOH 용액을 넣고 ph를 5.7로 맞춰.

(화면을 가리킨다)
그 다음 아가를 3.2g 첨가해.
이 총 용액을 호일로 이렇게 (입구를 감싼다)
탬핑한 후에 멸균기에 넣어. 이리와.

예지, 멸균기 쪽으로 이동한다. 인범, 뒤따라간다.

**예지**

자, 이게 오토클레이브. 고압멸균기.
(뚜껑을 열고 안에 비커를 넣는다)
이렇게 뚜껑을 닫고 돌려줘.

오토클레이브 돌아가는 소리가 들리며 은주가 다급히 들어온다.

**예지**

교수님.

**인범**

교수님, 식사는-

**은주**

어- 어어.

은주가 자리에 앉아 컴퓨터를 켜고 파일을 찾는다.
예지, 은주를 살피더니 마음이 급해져서

**예지**

어- 멸균에는 한 시간에서 한 시간 반 정도?
시간 걸려. 어- 그- 끝나면 식히고 플레이트에
넣으면 돼. 그러니까. 너는 그 사이에.
팁 정리 하면 된다. 끝.

**인범**

넵.

인범은 노트를 마무리하고 실험 테이블 한쪽에 앉아
멸균 장갑을 낀다.
예지는 다시 한번 논문을 뒤적이더니 조심스레
은주에게 다가간다.

**예지**

저… 교수님 저 10월 중순까지는
디펜스 완료해야 되는 건 아시죠?

**은주**

(기다리라는 손짓을 하며)
이따가. (사이. 예지를 보며)
본다니까.

은주, 문서를 열어 타이핑하기 시작한다.
예지, 답답한 숨을 크게 내쉬고 자리로 돌아가다가

**예지**

(인범에게)
안되겠다. 난 산책 좀 할래. 넌 안 갈래?
커피 사줄게.

**인범**

아, 예.

인범이 일어나는데 프린터 돌아가는 소리가 난다.

**은주**

(인범에게)
어 – 인턴. (이름이 생각나지 않는다)

**인범**

한인범 입니다.

**은주**

어- 인범아. 저기 프린트 좀.

**인범**

예.

예지, 또 숨을 크게 내쉰다.
인범, 예지 눈치를 보며 프린터로 간다.
프린터가 종이를 계속 토해낸다.

**인범**

(계속 토해내는 종이를 보며 예지에게)

아. 이거만.

**예지**

(오토클레이브를 가리키며)

저거 다 돌아가면 일단 그냥 둬. 소리 날 거야.
커피는 다음에 사줄게.

**인범**

예.

예지, 나간다.
잠시 후, 출력이 끝나자 인범이 얼른 출력된 서류를
은주에게 가져다준다.

**은주**

아- 정말, 꼭 점심시간에 달래.
이게 말이 되니? (인범에게)
너한테 짜증내는 거 아니다.

**인범**

네?

**은주**

아니야. 넌 밥 안 먹어?

**인범**

저는 먹었습니다.

**은주**

너는 먹었구나…
인턴, 넌 나처럼 살지 마라.

은주가 아쉬운 표정을 짓더니 서류 내용을 확인한다.
인범이 그런 은주의 모습을 보다가

**인범**

교수님은 왜 식물학자가 되려고
하신 거예요?

**은주**

나? (사이)
누가 나 꽃 좋아한다고.
내가 꽃 좋아하거든.
여기 오면 꽃 심고 물 주고
이런 거 하면서 놀면 된다고
꼬셔서.

**인범**

예?

**은주**

사기 입학 했잖아.
꽃은 무슨. 잡초만 키우지이-
햇빛도 못 보지이-
걔는 나는 여기 꽂아놓고
지는 밖으로 돌아다니고.
걔 완전 사기꾼이야.
근데 사람들은 다 그 새끼만

좋아한다? 왜 그런 거니? (사이)
어. 대답 안 해도 돼.

은주, 서류 끝부분에 서명을 하고 컴퓨터를 끈다.
인범은 그 사이 자리로 돌아가 장갑을 바꿔 끼고
팁 정리를 시작한다.

은주, 나가면서

**은주**

수고하고.

**인범**

아- 옙.

**은주**

아. 사기 입학은 맞는데.

**인범**

네?

**은주**

어… (짧은 사이)
애기장대 속에서 처음
뭔가 찾아냈을 때. 그 순간에.
이 지구상에 그 비밀을 아는
사람이 나밖에 없잖아.
내가 어디 얘기하거나
논문을 내기 전까지는 아무도
모르는 거잖아. 나만 아는 거야.
나만. 오직 나만. 그게 기분이
정말… 째졌어. 망했지 뭐.

은주의 얼굴에 옅은 미소가 번지는 듯하다.

**은주**

(정신 차리려는 듯 고개를 젓는다)

**아으. 가야 돼.**


은주가 서둘러 나간다.
인범은 은주가 나간 문을 잠시 보다가 다시 팁 정리를 시작한다.
작은 탁탁 소리만 일정하게 들린다.

# 실험재료 및 방법 3
# 형질전환체 생성

오토클레이브가 멈추며 종료음이 난다.
인범, 일어나서 오토클레이브 뚜껑을 열어보려는데,
도윤이 연구실로 들어온다.

> **도윤**
>
> 어어- 안 되는데.
>
> (인범에게 간다)
>
> 맨손으로 안 돼.

> **인범**
>
> 네?

> **도윤**
>
> 장갑 끼고 해야지.
>
> (장갑을 가져온다)

> **인범**
>
> 누구세요?

> **도윤**
>
> (장갑을 건넨다)
>
> 장갑.

> **인범**
>
> 저도 아는데요.
>
> (장갑을 끼고 다시 뚜껑을 열려는데-)

> **도윤**
>
> 어어- 압력 떨어졌나 보고.

> **인범**
>
> 저도 알거든요.

인범이 오토클레이브를 열고, 안에 있는 비커를 꺼낸다.

> **도윤**
>
> 조심 조심.

**인범**

(도윤을 경계하며 본다)

누구세요.

**도윤**

바로 부으면 안 돼. 식혀야 돼.

**인범**

저도 알거든요! 아, 누구-

**도윤**

어-

도윤이 혜경의 자리를 기웃거리더니 연구노트를 뒤적인다.

**인범**

(연구노트를 뺏는다)

저기요! 막 보시면 안 되거든요.
누구세요.

**도윤**

너 인턴이지?

**인범**

(조금 놀라)

네…

**도윤**

(연구노트를 다시 뺏는다)

애 어디 갔냐.

**인범**

예?

**도윤**

(전화를 건다)

아니 앤 왜 자리를 비워.

(짧은 사이)

어. 어디야. 온다니까 왜 자리에 없어?

(인범을 본다) 어. 여기 인턴 있네.

혜경이 통화하며 들어온다.

**혜경**

(수화기를 귀에서 떼며)

애야? 혼자 못 있어?

**인범**

선배님. 아는 분이세요?

**혜경**

어.

**도윤**

혼자 못 있어, 못 있어어!

**혜경**

혼자도 아니잖아.

**도윤**

너, (인범을 가리키며)

이 어린애 혼자 두고 그렇게 가면 어떡해.

완전 큰일 날 뻔했어.

**인범**

네?

**도윤**

애 압력도 안 내려간 오토클레이브

맨손으로 열려고 했잖아.

**인범**

네?

(혜경을 보며) 아니에요.

(도윤에게) 무슨. 무슨 말씀하시는 거예요.

**도윤**

어우- 완전 식겁했네.

내가 딱- 때마침 들어와서 망정이지.

**인범**

무슨- 와- 아니- 진짜- 와-

선배님, 아닙니다.

**도윤**

괜찮아. 다 그러면서 크는 거야.

크고작은 사고 치면서. 그러다보면 나중에

이정도는 뭐 그냥 습관처럼 할 수 있어.

**인범**

아니. 대체 누구신데요.

**혜경**

인사 안 했어?

**도윤**

인사할 틈 없이 급박한 상황이었어.

**인범**

(깊은 탄식) 하-

**혜경**

인사해. (인범을 가리키며) 여기는 3학년 한인범.

**인범**

(못마땅하지만) 한인범임다.

**혜경**

그리고 여기는… (도윤을 가리키며) 식물블로거 유미.

인범

네?

도윤

(씨익 웃는다) 안녕. 난 유미라고 해.

인범

네?

예지가 들어온다.

예지

(도윤을 발견하고) 어? 도윤 오빠.

도윤

예지, 안녕.

인범 어리둥절하다.

예지

(인범에게) 올- 인범이. 소원 이뤘네.
(도윤에게) 오빠, 얘 오빠 블로그 팬이래요.

인범

거짓말.

도윤

그래? 내 팬이야?
(감격의 호흡) 호오-나 팬 처음 봐.

인범

아닙니다.

도윤

팬이라는데? 이리 와, 부끄러워하지 말고!

**인범**

아닙니다.

(짧은 사이)

저는. 저는. 블로그. 블로그 팬입니다.

(도윤을 다시 보더니) 이럴 수가.

**혜경**

본명은 권도윤. 내 동기.

석사까지 하고 지금은 종자원에 있어.

**인범**

그런데 닉네임이!

**도윤**

유미? 농촌진흥청에서 육성한

신품종 복숭아 이름이야.

맛도 좋고 향도 좋은 우리 복숭아.

(악수 청한다) 많이 사랑해줘.

**예지**

너 꼭 보고 싶다며.

오빠, 얘가 최정호 교수님 다음으로

오빠를 꼭 만나고 싶다고 했어요.

**인범**

말도 안돼. 유미 님은 정말 진중하고.

따스하고, 식물을 사랑하는 분인데.

뭔가 잘못된 겁니다.

**도윤**

예지는 이번 학기로 졸업? 디펜스는?

**예지**

성공.

**도윤**

요오- 나 디펜스 땜에 석사 포기할랬는데
인격 모독 너무 무서워엉.

**인범**

말도 안 돼.

**도윤**

(혜경을 가리키며)

근데 애가 잡으러 와서 땄잖아.

**예지**

저는 교수님들 공격은 정말 하나도
안 무서웠고요. 진짜 한 학기 더 하는 줄 알고
얼마나 쫄았다고요. 교수님이 너무 피말렸어.
논문 봐 주지도 않고 연구실도 거의 안 오시고.
대박 스트레스! 원형탈모 생기는 줄.
우리 집 화분까지 죽였어요.

**혜경**

화분 키워?

**예지**

네. 왜요? 이상한가?

**혜경**

뭐 키우는데.

**예지**

흔한 거요. 크루시아. 공기정화용으로
많이 키우는 거. 개는 크면서 줄기가 나무화 돼서
신경 안 써도 안 죽고 잘 자라거든요.
근데 그런 애를 죽였어요. 내 스트레스를
개가 다 흡수했나 봐.

**도윤**

분갈이 안 한 거 아냐?

**예지**

아.

**도윤**

멍충이.

**예지**

진짜 그래서 죽은 건가.

**도윤**

(혜경에게)

우리 초딩 때는 학기 초 되면 그거. 화분 하나씩
가져오라고 했잖아. 그걸로 교실. 그… 창틀 꾸미고.
방학 때는 관리 못 하니까 다시 집에 가져가고.
내가 3학년 여름방학 전날에 청소하다가 다른 애
화분 하나를 깨먹은 적 있어요. 아니 왜 애들 화분을
도자기로 된 걸 써. 드럽게 무겁고 깨지면 위험한데.
아무튼 화분 주인은 막 엉엉 울고. 근데 '미안해'
소리가 그르케 안 나오네. 나도 놀랐거등.
결국 사과도 못 하고 선생님한테 졸라 깨지고.
깨진 화분을 치우는데. 그게 또 그 꽃을
못 버리겠는 거야. 이렇게 (축 늘어진 꽃을 따라하듯이)
축 늘어져 있는데. 미안해서. 그래서 그걸 요로케
(양손으로 조심스레 꽃을 드는 시늉을 한다) 들고 집까지 왔다?
집에 와서 엄마 얼굴 보는데 막 눈물이.
세상 진짜 서럽게 울었네. 근데 그날 엄마가 화분을
하나 사가지고 와서 그 꽃을 다시 심어 줬어.
그냥 죽은 것 같았는데. 다시 심고. 물도 주고.
마당에. 볕 잘 드는 데 두고는 잘 보래. 매일 매일
잘 지켜보래. 그래서 잘 지켜봤어.

개학할 때쯤 되니까 진짜 거짓말처럼 튼튼하게
살아나서 다시 학교로 갖고 갔지.
돌려주면서 사과도 했어. 걘 뭐 더 좋은 화분
새로 들고 와서 관심도 없드라.

**인범**

아… 그래서 식물학과 오신 거예요?

**도윤**

아니. 여자친구랑 같은 대학 오려고.
점수 맞추다 보니까.

**인범**

(고개 젓는다)
하.

**예지**

무슨 꽃이었어요?

**도윤**

페튜니아. 그땐 몰랐고. 나중에 알았는데.
되게 짙은 자주색 페튜니아.

**예지**

여자친구는 무슨 과였는데요?

**도윤**

걘 경영.

**인범**

경영대 로비에 있는 게 페튜니안가?

**도윤**

그건 샤피니아. 페튜니아에 무늬 넣어서 개량한 거.

**예지**

설마. 그 여자친구 아직도 학교에 있어요?

**도윤**

아니이! 나랑 헤어지고 편입해서 서울 갔어.
가슴 아픈 추억이지.

**혜경**

생각 없이 여자친구 따라 대학 왔다가 차여서
술 퍼마시고 정신 못 차리고. 맨날 화단에 널브러져서
'수진아! 수진아!' 내가 그 이름 아직도 기억해.
경영학과 이수진! 내가 수진이어도 너랑 헤어지겠다!
심지어 부모님이 학교로 찾아오셨잖아.
우리 아들 살아있냐고. 가슴 아픈 추억 좋아하네.
야, 그때 진짜 가슴 아픈 사람은 니 실험 파트너였어.

**도윤**

들었지? 가슴 아픈 추억.

**인범**

설마 실험 파트너가.

(한숨 쉰다)

**혜경**

그리고 너 연구실 관둔 게 언젠데
아직도 뻔질나게 학교로 와?
경영대 로비에 핀 꽃이 뭔지 니가 왜 알아.
(나가면서) 그만 하고 나와.

**도윤**

아, 물어볼 거 있어.

**혜경**

그러니까. 나와. 알고 싶으면.

**도윤**

같이 가! (예지에게) 간다.

(인범에게) 앞으로도 블로그 많이 사랑해줘.
우리 인턴 후배.

**예지**

가세요.

도윤, 혜경을 따라 나간다.

........................................

사이

........................................

**인범**

혜경 선배님은 저 선배랑 있으니까
사람 같네요.

**예지**

어? (두 사람이 나간 문을 잠시 본다) 어.

........................................

사이

........................................

**예지**

가끔 보면 선인장 같아.

**인범**

네?

**예지**

혜경 언니.

**인범**

그럼 여기가 사막인가요?

**예지**

어. 여긴 사막.
선인장이 사막을 지키는 것 같겠지만,
그냥 사막이 아직 선인장을
죽이지 않은 것뿐이래.

**인범**

책에서 읽었는데 선인장은
아주 아주 조금씩 큰대요, 그것도 클 수
있는 해에만.

**예지**

역시. 비슷하네.

**인범**

다른데.

인범의 휴대전화 문자 메시지 진동음이 울린다.

**인범**

(메시지를 확인한다)
허- 아- (허둥댄다)

**예지**

왜?

**인범**

아, 조별과제 미팅 있는데.
저 선배님 때문에 정신 없어갖고.
(책을 챙겨 나가며)
저 가보겠습니다.

**예지**

어.

인범 나간다.

곧바로 혜경이 큰 소포를 들고 들어온다.

**혜경**

쟤…

　　**예지**

　　과제 미팅 있는데 깜빡했대요.
　　유미 님 만나서 너무 들떴나 봐. (웃는다)
　　도윤 오빠 그냥 갔어요?

**혜경**

아. 아니, 카페에 있으라고 했어.
교수님이 (소포를 보이며)
며칠 못 들어오신다고 이거 확인하고
보관 좀 해달라고 해서.

　　**예지**

　　아… 최정호 교수님?

**혜경**

응.

혜경이 테이블에서 소포를 풀어본다.
거기엔 정호가 보낸 울릉도 자생식물의 표본이 있다.
예지도 옆에서 함께 확인한다.

　　**예지**

　　어? 편지다.
　　(열어본다)

**혜경**

보지 마.

　　**예지**

　　뭐 어때요. 설명 같은 거 아니에요?

**혜경**

그래도.

    **예지**

    (잠시 편지를 눈으로 읽더니)
    교수님이랑 최정호 교수님이랑
    무슨 사이예요?

**혜경**

친구잖아.

    **예지**

    (편지를 보여준다)
    친구치고 너무 애정이 넘치는데?

**혜경**

(편지를 받아서 곧바로 봉투에 넣는다)

애정 넘치는 친구.

    **예지**

    뭐 있죠?

**혜경**

뭐가 있어?

    **예지**

    저 입학하기 전에 무슨 일 있었죠?
    저 눈치 빨라요. 교수님 사실 거의 직무유기일 때
    많은데 다들 이해하고 넘어가는 느낌? 네?

**혜경**

(어색하게 웃는다) 그런가.

    **예지**

    뭐… 저는 이젠 다 상관 없습니다.

**혜경**

추천서 받았어?

> **예지**
>
> 네. 꽤 문장력 있으시던데요.

혜경이 표본을 꺼내 상태를 확인한다.

> **예지**
>
> 최정호 교수님 대단하긴 해요.
> 마을 회관 같은 데 가서 할머니 할아버지들
> 이야기 듣고, 그 얘기만 가지고 몇 달 동안
> 산을 헤매고 그러신다던데.
> 교수님이 진짜 찾으시는 게 뭘까요.

**혜경**

나 학부 때 특강하신 적 있어. 음…
인간은 항상 모든 걸 다 알고 있다고 생각하지만
실은 지구에 있는 식물의 90퍼센트는 존재도 모르고
있다. 여러분이 누군가를 다 알고 있다고 생각하지 마라.
지금 알고 있는 건 그냥 지금까지 알아낸 것일 뿐이지
전부는 아니다.

> **예지**
>
> 아직 모르는 90퍼센트를 찾는 건가.
> 없을 수도 있잖아요. 우리가 아는 10퍼센트가
> 사실 100퍼센트일 수도 있고- 없는 걸 있다고
> 믿는 거면 어떡해요.

**혜경**

그럴 수도 있겠네.

**예지**

그런 사람들은 뭐가 다른 걸까요.
어디 있는지도 모르는 걸 찾는 데 기꺼이 평생을
바치고. 난 당장 취직이 걱정인데.
그런 사람들은… 가치를 추구하는 것 같잖아요.
(사이. 표본을 보면서)

으흐– 무서워. 만약에 누가 지금 나를
삽으로 퍼서, 내 뿌리까지 조심히 꺼내서
표본으로 만든다면…

**혜경**

응.

**예지**

… 지금 나는, 왠지 잘못된 성장의 사례를
보여주는 표본이 될 것 같거든요.

**혜경**

(예지를 본다) …

**예지**

…

**혜경**

너도 그런 생각 해?

**예지**

네?

**혜경**

의외라서. 아니… (정호가 특강 때 했던 말을 떠올리며 웃는다)
건조기 돌리고, 72시간 저온 살균도 해야 돼.
표본 되려면.

**예지**

아. 그게 더 무섭다.

혜경, 표본을 정리한다. 예지도 돕는다.

> **예지**
>
> 언니, 사실 선인장도…
> 사막보다 좋은 환경으로 옮겨주면
> 더 잘 자라는 거 알아요?
> 여긴 사막이에요, 언니.

혜경, 작게 웃는다.
예지, 잠시 고민하더니

> **예지**
>
> 저, 언니.

**혜경**

음?

> **예지**
>
> 저 학위 논문 준비할 때
> 교수님 피드백도 없고, 답답해서.

**혜경**

어.

> **예지**
>
> 교수님은 그냥 다른 논문들 참고하라고 하고.
> 그래서 실험실에서 나간 예전 논문들이랑
> 데이터들 봤거든요. 투고 안 한 자료도 보고.
> (사이)
> 근데 같은 이미지를 사용한 게 있는 거예요.
> 몇 군데나.

**혜경**

(예지를 본다) …

> **예지**
>
> 그런 이야기 들어본 적은 있는데-

**혜경**

교수님이, 결과를 조작했다는 의미야?

사이

　　**예지**

　　그런 거면 어떻게 해요?

긴 사이

혜경의 전화벨이 울린다. 도윤이다.
혜경은 전화를 받지 않는다. 전화벨이 끊어진다.

순간 암전

다시 전화벨이 울린다.

# 실험재료 및 방법

## 4

## 식물체의 환경 스트레스 처리

은주는 메일을 확인하는 중이다.
휴대전화 발신자를 확인하지만 받지 않는다.
전화벨이 멈춘다. 곧 메시지 알림음이 난다.
은주는 이번에도 발신자의 이름만 확인하고
메시지는 읽지 않는다.
은주가 메일을 읽는 동안 전화가 두어 번 더 오지만
은주는 확인도 하지 않는다.


정호의 메일

산이나 숲은 익숙하지만 아직 바다는 나에게 낯설고 무섭다.
특히 뱃멀미는 정말 고역이다.
쟌 바레는 매춘부만 배를 탈 수 있던 시대에 남장을 하고도
2년이나 탐험했다는데, 유람선 같은 배를 타고도 뱃멀미에
시달리는 나는 정말 부끄럽다.
게다가 어디서나 인터넷이 되는 시대에 카메라 달린
휴대전화를 가지고 다니며 '탐험'이라는 말을 하는 것도
쑥스럽다. 그런데 내 친구라는 놈은 이 어리숙한 탐험가보다
신문물에 뒤쳐진 것인지. 전화 한 통, 메일 한 통이 없다니.
어이가 없어서 원. 표본들은 무사한지 심히 걱정이다.

안목항에서 정호!!


지연이 급하게 문을 열고 들어온다.

**지연**

교수님!

**은주**

(전혀 동요 없이)

아이고오 깜짝이야.

애 키우면서 목청 좋아졌네.

**지연**

왜 홍 여사님 전화 안 받으세요?

**은주**

어? (휴대전화를 확인한다)
아이고. 젠장.

**지연**

홍 여사님 학교 찾아오신다고
난리예요!

**은주**

뭐?

은주의 전화벨이 다시 울린다.
은주가 지연을 쳐다본다.

**지연**

받으세요!

혜경이 들어온다.

**지연**

아. 깜짝이야.
홍 여사님 온 줄 알았잖아.

**혜경**

홍 여사님요?

**지연**

어, 지금 교수님 잡으러 오실 판이야.

**혜경**

설마…

**지연**

(은주에게) 받으세요!!

은주, 겨우 전화를 받는다.
지연과 혜경, 긴장한 채로 상황을 살핀다.

**은주**

여보세요…?
(반대편에서 들려오는 소리에 움찔한다)

**지연**

(작고 빠르게 혜경에게)
혹시 호미나 낫 같은 거 가지고
쳐들어오는 거 아니겠지?

**혜경**

(작게) 설마…

**지연**

(은주를 가리키며)
곧 쳐들어올 것 같은데?

**혜경**

(작게) 설마…

**지연**

(작게) … 난 모르겠다…

지연, 혜경 슬금슬금 나가려는데,

**은주**

(전화기를 막고 입모양으로)
어디가! 가지 마!

**지연**

어디요? 저희 문 닫으려고.
(문을 닫는다) 닫았다.

(괜히 혜경에게) 잘 닫혔지? 응.

**혜경**

온실 때문에?

**지연**

어. 땅을 뒤집었다 말았다 하면서
1년 넘게 기다리셨대.

**은주**

(수화기에) 죄송해요, 홍 박사님. 네.
아니에요! 아니! 아니요? 저희
다음 달에 입찰 들어갈 거예요.
알죠… 네.

**지연**

(작게) 왜요?

**은주**

아이, 안 되죠. 네. 다음 달! 네!
다음 달! 들어가세요-
(끊는다)

**지연**

뭐라세요?

**은주**

홍 박사님 아버지가 '이 땅이
와 이 모양이고' (고개를 젓는다)
아니아니. 그 땅이 홍 박사님
돌아가신 아버지 땅인데.
아버지가 꿈에 나와서 '홍연아,
이 땅이 와 이 모양이고-'
하셨대. 다음 달 제사 전까지
꼭 결단을 내려야 한대.

**지연**

아.

**은주**

아니면 총장님한테 가서
땅 도로 내놓으라 할 거래.

**지연**

충분히 그러실 수 있는 분이죠.

혜경이 작게 웃는데 인범이 들어온다.

**인범**

좋은 아침입니다!
(사람들 상태를 보더니) 왜들 그러세요?

**지연**

우리 부속농장 총 관리해주시는
홍 박사님께서 다음 달까지
첨단온실을 짓지 않으면 땅을 다시
회수하시겠대.

**인범**

예?

**지연**

여기까지 찾아오실 판이야. 우휴.

**인범**

아… 그 땅이… 홍 박사님 땅이었구나.
와… 땅부자! 근데 홍 박사님은
왜 홍 박사님이에요? 진짜 박사님이에요?

**지연**

어. 척척박사.

**인범**

아.

**은주**

농사 45년이면 나보다 더
박사지 뭐. 농장 나가면
얼마나 잔소리 한다고.

**지연**

하아- 그래도 잘 넘어간 거죠?

**은주**

그럴까?

**지연**

한번 가보세요, 교수님.
지금 진짜 엉망이에요.
연구수업 진행할 때도 어수선해요.

**은주**

어.

**지연**

대답만 하지 마시고요.

**은주**

어.

지연, 한숨 쉰다.

**지연**

아, 교수님!

**은주**

어!

순간, 연구실이 어두워진다.

# 실험재료 및 방법

## 4 식물체의 환경 스트레스 처리

### 1) 고염 삼투 저온 스트레스 저항성 측정

스크린에 랩미팅 자료가 뜬다.

**은주**

식물은 동물보다 스트레스에
방어하는 기작이 훨씬
발달되어 있어. 왜일까.

**인범**

움직일 수 없어서요.

**은주**

그렇지. 거북이가 느려가지고
도망 못가니까 척추뼈를
진화시켜서 등껍질을
만든 것처럼. 식물도 도망갈 수
없으니까 방어력을 키우는 거야.
그래서 식물로 저항성 유전자를
연구하는 거지.
자, 우리가 지금 배양실에서
키우고 있는 애기장대들한테
고염 스트레스를 줬어.
똑같이 고염 스트레스를 줬는데
어떤 건 크게 자라고,
어떤 건 작게 자라.
이 작게 자란 애들은 저항성
유전자가 파괴된 돌연변인
거야. 바로 이 돌연변이들을
모아서 어떤 유전자가 파괴됐나
찾아보는 거지.

**인범**

그 파괴된 유전자가
저항성 유전자인 거죠?

**은주**

응. 저항성 유전자를 찾았으면
이제부터는 클로닝이라고
형질전환유전체를
만드는 거거든?

**인범**

아! 네! 알아요! 형질전환!

**은주**

어. (그려서 보여준다)
이런 동그란 DNA 조각
플라스미드에-
그 돌연변이에서 찾은
저항 유전자를 이렇게 붙여.
고염 스트레스 상황이 올 때
발현되는 저항 유전자를
과발현시켜서 붙이는 거야.
이렇게. 이거를 다시 식물 안에
집어 넣는 거야. 그럼
그 유전자가 발현되면서
고염 상황에 더 잘 버티는
식물이 되겠지?
오- 재밌겠지?

**인범**

아…

**지연**

그런 말이 있어. '클로닝이
망하는 데는 백 가지 이유가 있다.'
어디서 잘못됐는지 도무지 알 수가
없어. 매일 똑같이 해도 매일
다른 이유로 망해.

**인범**

그럼… 어떻게 해요?

**지연**

백한 번 해야지.

**인범**

오마이갓.

**은주**

(일어나며) 자, 그럼-

각자 자리로 돌아가며 이야기한다.

**은주**

지연이는?

**지연**

아. 저는 칩 설계 중이에요.

**은주**

(배양실로 들어가며)

어. 오케이.

**지연**

(인범에게)

크로마틴아이피라고 실험 기간만
일주일 걸리고 그걸 또 세 번
반복해야 해서 한 달 내내
걸리는 거라 설계를 잘 해야 돼.

**인범**

아… 세 번 반복하려면 식물도

엄청 많아야겠네요.

**지연**

어. 씨드도 엄청 많이 소독해야 하고.
어때? 할 만해?

**인범**

네? 아. 예. 근데…

**지연**

근데?

**인범**

제가 너무 멍청한 것 같아서요.

**지연**

왜?

**인범**

실험은 너무 재미있는데 선배님들 없이
혼자 실험할 땐 아직도 많이 긴장해요.
간단한 실험이라도 계속 확인하고
몇 번씩 계산한다고 너무 오래 걸리고.
저를 못 믿겠어요. 메서드 보고
따라하는 것도 버버벅. 농도 달라지면
또 버버벅.

**혜경**

실험은 못하면 다시 하면 돼.
결과를 빨리 내려고만 하면 가설에 갇혀.
느려도 끝까지 정확하게 하는 게 더 중요해.

**인범**

시간에 비해 데이터가 너무
안 나오는데요? 계속 실수 나고-
선배님들 하시는 거에 반이라도
따라갈 수 있으면 좋겠어요.
아- 확인을 그렇게 하는데도.
살면서 제가 이렇게 쓸모 없다고
느낀 적 없는 것 같아요.

**지연**

너를 너무 믿는 것보다
못 믿는 게 나아. 우리는 학부 때부터
내내 이것만 10년 넘게 했는데,
기껏 1년도 안 된 니가 비교가 되니.

**인범**

안 되죠.

**지연**

원래 학생 땐 시간과 돈을 쏟아
부어서 테크닉 훈련하는 거야.
나중에 한참 지나서 지금을
돌이켜보면. 내가 정말 실험에
대해서 아무것도 몰랐구나- 할 걸?
간단한 거라도 결과 나오면 어때?

**인범**

그땐- (웃는다) 기분 째지죠-

**지연**

이렇게 바보가 한 명 더 들어왔네.
얼마나 갈지는 모르겠지만.

**인범**

멍청이로 하겠습니다.
그게 더 귀여운 것 같아요.

**지연**

어우--

은주의 전화벨이 울린다.
가까이 있던 혜경이 눈으로 발신자를 확인한다.

**지연**

왜? 누군데?

**혜경**

아. 아니에요.

혜경이 머뭇거리는 사이, 은주가 나온다.

**혜경**

교수님. 전화요.

은주가 발신자를 확인하더니 휴대전화를 가지고 나간다.
혜경이 다시 실험을 시작하는데,

**지연**

그거 재현 안 되고 있댔지?

**혜경**

네.

**지연**

교수님은 뭐래?

**혜경**

일단은 다시 해보라고 하시는데요.

**지연**

그거 발전시켜서 연구과제
따오실 생각 아니야?

**혜경**

반복 재현 안되면 어렵지 않을까요?

**지연**

아… 그럼 연구비 삭감될 것 같은데.

**혜경**

네.

**지연**

쉽지 않네. 연구비 삭감은 곧
인권 삭감인데. 그래도
결국 교수님이 원하는 대로
결과 나오겠지.

**혜경**

네?

**지연**

(작게 웃는다)

뭐 그렇잖아. 딱히 방법 있어?
연구비 토해낼 순 없잖아.

(인범 눈치를 보더니 작게)

혜경. 포닥 여기서 할 거야?

**혜경**

글쎄요.

**지연**

글쎄요? 긍정은 아니네.
설마, 취업 생각해?

**혜경**

글쎄요.

**지연**

혜경은 왠지 취업 스타일은
아닌 것 같아서.

**혜경**

글쎄요…

**지연**

로보트냐. 대답이 다 '글쎄요'야.

**혜경**

(웃는다) 박사도 하다 보니 한 거라서요.

**지연**

어. 그래 보여.
목적이 취업. 의대. 학문적 성취.
어느 것도 아닌 사람.

**혜경**

저도 성취감은 있는데.

**지연**

있겠지. 요만하게.

**인범**

되게 좋아하시는 거 같은데.

**지연**

응?

**인범**

연구하는 거요. 되게 좋아하시지 않아요?
가끔 보면 연구노트 정리하시다가도
막 웃으시던데.
(손가락으로 입꼬리를 흉내 내며) 씨익.

**지연**

씨익?

**혜경**

제가 그렇게 안 웃는 이미지인가요?

지연

웃는데 안 웃는 것 같은 이미지?

혜경

아…

인범

그런데, 교수님 연구요. 저항성 유전자를
발전시키면 가뭄이나 추위 정도가 아니라,
정말 절대 살 수 없을 것 같은
그런 환경에서도 살 수 있는 강한
유전자를 만들 수 있는 거예요?

지연

이론상으로는 어느 정도까지
가능하겠지? 그런데 절대 살 수
없을 것 같은 환경이 뭐야?

인범

절대 절대 살아남을 수 없는
환경 있잖아요. 아무 영양소도 없는-
아무것도.

지연

지구에 그런 환경이 있어?

인범

음. 예를 들어- 원자폭탄?-이 터진다거나.

혜경

음… 체르노빌 사고 후에 사람들이 다 빠져나가니까
동식물 개체 수는 오히려 늘었어.

인범

아… 그럼 동식물 입장에서는
방사능보다 사람이 더
해로운 건가요?

**혜경**

그럴지도. 30년 후에 근처 도시들은
식물로 뒤덮였다니까. 일종의 자연보호구역이
된 건지도 모르지. 나중에 그 지역에 콩을
심어서 관찰한 연구가 있는데.
시스테인 합성효소랑 베타인 알데히드 탈수효소가
정상 개체보다 많았대.

**지연**

보호 단백질을 늘리고
염색체 이상을 줄인 거네.

**인범**

스스로 저항력을 키워서 살아남은 건가요?
그런 환경에서도?

**혜경**

응.

**지연**

식물은 방사성 핵종을 흡수하잖아.

**인범**

아… 스스로 오염 제거를 하면서
생존 환경을 만든 거네요.

**혜경**

그렇지.

**인범**

그럼 그 능력을 이용해서 오염 지역을
정화하면 안 되나? 오염된 흙을 옮기면
옮기는 동안 주변이 다시 오염될 수도
있고. 오히려 오염물질이 밖으로
퍼질 수도 있잖아요.

**지연**

시간이 엄청나게 걸리겠지.

**혜경**

시간이 오래 걸리긴 해도. 어쩌면
유일한 방법일 거야.

**지연**

그렇게 식물이 다시 환경을 재건하면
또 사람이 들어가겠지만.

인범이 곰곰이 생각한다.

**인범**

왜 그런 걸 연구하는 사람은 없는 거예요?

**지연**

우리가 모르는 거지, 어딘가에서
하고 있겠지. 이런 잡담을 하다가
연구 주제를 정할 수도 있고.

**인범**

아… 제가 언젠가 연구주제를
정하게 된다면… 저는 군대에서. 아,
군대 얘기해서 죄송합니다.
군대에서 잡초 보면 진짜 강하구나
했는데, 그때 저희 소대장님이
그러시는 거예요. 사실 잡초는
강한 식물이 아니라 약한 식물이래요.
다른 식물하고 경쟁할 수 없어서
더 어려운 환경에 도전하면서
사는 거래요. 대신 절대 도망치지
않는다고. 잡초 씨들이 땅속에 숨어서
발아할 기회를 기다리다가, 사람이나

동물이 잡초를 뽑아서 땅이 파헤쳐지면
햇빛을 받고 발아한대요. 공격받을 때
오히려 종자를 퍼뜨리는 거죠.

지연

잡초학을 하고 싶다는 거야?

인범

제가 제일 처음 매력을 느낀 식물이
잡초니까- 잡초의 어떤 부분을
알고 싶긴 해요.

혜경

'이상적인 잡초의 조건' 알아?

인범

아니요.

혜경

베이커라는 잡초학자가 〈잡초의 진화〉라는
논문에 실은 열두 가지 항목이 있거든.
그중에 이런 게 있어. '환경이 좋으면 씨앗을
많이 생산한다.', '환경이 나빠도 씨앗을
조금이라도 생산할 수 있다.'

인범

좋은데요. 어떤 환경에서도 조금이라도
씨앗을 만들어내는 거.

혜경

잡초는 흡수력이 강해서 밭에 있는 영양분을
뺏어가잖아. 이런 특성을 역으로 활용하면 오염된 물을
정화할 수 있을지도 모르지.

인범

아… 우와

**혜경**

애기장대도 잡초야. 알지?

**인범**

네.

인범은 잡일을 시작하고 혜경은 클린벤치를 열어
알콜램프에 불을 붙인다

**인범**

저는 여기서 잡초만큼도
도움이 되지 못하고 있습니다.

**지연**

위로가 될진 모르겠지만,
여기 모두 애기장대보다 밑이야.

**인범**

아…

혜경의 휴대전화 진동이 울린다.
지연과 인범은 각자의 일에 집중하지만
혜경의 통화 내용을 무시하진 못한다.

**혜경**

(전화를 받는다) 네. 네. 네, 맞는데요.
(짧은 사이) 네.
(사이)
네? 그런데 왜 저한테… 그래서요? 아니요.
저희는 연락 전혀 안 하고 살아서요.
그런데 제 번호를 거기서 조회하실 수 있나요?
아니, 저는. 하… (수화기 너머 설명을 한참 듣는다)
그래서요. 아니요. (사이. 지연과 인범을 본다) ….

네. 저 지금은… 일단 알겠습니다.
아니요. 일단. 상황 알았으니까 저도 가족들하고
상의해 볼게요. (다시 한참 설명을 듣지만 귀에 들어오지 않는다) 네.
(웃음 같은 짧은 탄식) 하. (전화 끊는다)


혜경은 클린벤치를 열고 다시 시작해 보려 하지만 곧 멈춘다.
알콜램프의 뚜껑을 닫는다.
은주가 들어와서 책상에 앉는다.
혜경은 잠시 고민하다 클린벤치를 닫고 은주에게 간다.

**혜경**

교수님.

**은주**

어.


잠시 후, 은주가 뒤늦게 고개를 돌려 혜경을 본다.

암전

실험재료
및
방법
4
식물체의
환경 스트레스
처리
2)
환경 스트레스
관련 유전자
발현 조사 [1]

배양기 문이 열리며 빛이 새어 나와 무대가 밝아진다.
혜경이 지연에게 자신의 과제 관찰을 부탁하고 있다.
도윤도 옆에서 어슬렁거린다.
얘기 하는 중에 인범이 들어온다.

**지연**

(배양기 안을 보며 노트한다)

매일 다른 농도로 묘판에 공급하면
된다는 거지? 500엠엘씩.

(인범이 들어오는 걸 보고)

인범. 너도.

**인범**

네.

**도윤**

하이!

**지연**

(애기장대 하나를 가리킨다)

이쪽이 대조군?

**혜경**

네, 맞아요.

**지연**

여기는 일반 영양액…

**인범**

(도윤에게)

언제 오셨어요?

**도윤**

아까아까.

**지연**

이게 몇 번째야?

**혜경**

세 번째요. 연구노트 보면 관찰 내용이랑.
공급 내용들 들어있어요.

**인범**

와… 진짜 꼼꼼하시다.

**지연**

기왕이면 상세하게 쓰는 게 나아.
나중에 필요할 수도 있으니까.
실수한 거나. 생각이 바뀐 거- 다.

**혜경**

앞으로 일주일 더 재배하려고 했으니까
저 자리 비우는 동안 영양액 공급이랑
사진 촬영만 부탁드려요.

**지연**

응. 오케이.

**인범**

넵. (혜경에게) 언제 오세요?

**혜경**

목요일. 미안.

**인범**

아니요, 아니요. 저는 뭐 하는 것도 없는데.

**지연**

그럼, 됐지? 걱정 말고
집에 잘 다녀와.

**혜경**

네. 감사해요.

**인범**

집에 잘 다녀오세요.
맛있는 것도 많이 드시고.

**혜경**

어.

**지연**

권또. 너 블로그 인기 좋더라.
메인에 걸린 거 봤어.

**도윤**

다 우리 사랑하는 팬 여러분 덕분이죠.

**인범**

(도윤에게) 안 가세요?

**도윤**

어. 잘 가. 후배.

**지연**

가자. 우리 애 기다려.
(짐을 챙긴다)

**인범**

네. (지연을 따라 짐을 챙기다가)
집에 가도 못 쉬시겠네요.

**지연**

응…. 그나마 이렇게 나오면
밥을 앉아서 먹을 수 있잖아. 집에 가면
정말 1분도 못 쉬어.

**인범**

엄마들은 대단해요.
교수님도 그렇고 박사님도 그렇고.
처음부터 엄마가 될 준비를 한 것도
아닐 텐데.

**지연**

닥치니까 얼레벌레 하는 거지.
(연구실 문을 나선다) 간다.

**혜경**

언니, 가세요. (인범에게) 잘 가.

**인범**

넵.

**도윤**

안녕.

도윤이 인범을 내보내고 문을 닫는다.
인범은 못마땅한 눈으로 닫힌 문을 본다.
혜경은 책상과 가방을 정리하고, 배양기도 한 번 더 둘러본다.
도윤은 혜경 준비하기를 기다리며 연구노트를 뒤적인다.
그 사이 지연과 인범이 연구실 복도를 지나며 대화한다.

**지연**

사실 아직은… 나도 나한테
모성이 있는지는 모르겠어.

**인범**

그래요?

**지연**

아이에 대한 마음보다는
대부분 내 걱정이야.
다 내 중심인 거야.
'내가' 아이를 사랑할 수 있을까?
'내가' 건강할 수 있을까?
'내가' 행복할 수 있을까?
이런 거. 아이를 사랑해준 엄마가
되고 싶다. 그런 바람은 뭐
당연히 있지.
(사이)
아주 어릴 때 명절에 체한 적

있는데. 할머니가 한참 동안 내 배를
문질러줬거든?

**인범**

엄마 손은 약손?

**지연**

어. 그러니까 그게…
나는 할머니를 기억한다기보다.
할머니가 나를 사랑해줬다는 걸
기억한다고 해야 하나?
그 느낌이 기억나.
체한 건 금방 괜찮아졌는데.
그냥 계속 할머니 무릎 베고 누워
있었어. 내가 기억하는 할머니는
그게 거의 전부인데 나를
사랑해줬다는 그 감각은 남아있어.
그런데 그건 정말 확실한
느낌이라서, 정말. 나중에 우리 애가
컸을 때도 그런 감각은 기억했으면
좋겠어. 내가 사랑해줬다는 감각.

**인범**

음. 사랑해줬다는 감각. 저희 어머니는.
그 당시엔 산후우울증 같은 말도
잘 안 썼던 때잖아요. 그때 너무 우울하고
정말 제가 싫었대요. 정말 모든 게
다 싫었대요.

**지연**

그런 얘길 하셔?

**인범**

네에! 엄마도 워킹맘이었거든요.
누나 낳고 이제 일 좀 다시 하려는데
제가 생긴 거예요. 박사님이랑
교수님보다도 윗세대니까 지금보다
상황이. 더 그렇잖아요. 그땐 진짜 인생
끝났다고. 완전 절망. 근데 신기하게
일하시느라고 집에 안 계실 때도
많았는데. 제 운동회 한번도 안 빠지고
오셨어요.

**지연**

야- 인범. 어머니 진짜
대단하신 거야.

**인범**

저 응원하려는 건 아니고.
학부모 달리기 1등하려고.

**지연**

아- 나 자신 있는데.

**인범**

박사님은 좀 달리실 것 같은데.
아- 교수님은 쫌- 교수님 애는
몇 살이에요?

**지연**

아. (짧은 사이)
중학생이었는데.
안 좋게 먼저 보냈어.

**인범**

예? (짧은 사이) 아…

**지연**

이제 좀 됐는데. 그냥 알고만 있어.

**인범**

네.

**지연**

(잠깐 사이)

그래서 어머니는 1등 하셨어?

**인범**

아- 100미터 22초.

**지연**

에? 뭐야-

지연, 인범 복도를 돌아 나간다.
도윤이 혜경의 연구노트를 한참 보다가-

**도윤**

(혜경이 그린 그림을 보며)

오- 졸라 못생겼다. 너처럼.

**혜경**

죽는다.

**도윤**

아주 디테일하게 못생겼어.

**혜경**

(연구노트를 잡아챈다) 야.

**도윤**

디테일하게 못생기게 잘도 그렸네.

**혜경**

옛날엔 사생대회 나가서 상도 받고 그랬어.

**도윤**

요오- 근데 왜 몰랐지? 학부 땐 그럴 일이 없었나?

**혜경**

니가 뭐 나 그림 그리는 데 신경 쓸 틈이나 있었어?

**도윤**

야, 세밀화 같은 거 그려보지. 잘하겠네.
(사이)
뭐 큰일은 아니지?

**혜경**

어.

**도윤**

태워줘? 나 차 있는 사람이야.

**혜경**

아니.

사이

**혜경**

지연 언니 아직 정신 없을 땐데 좀 그래. 인범이도.

**도윤**

지연 누나 출산하는 동안 너도 개고생했잖아.

**혜경**

그건 당연한 거고.
부탁하기 전에 먼저 얘기 꺼내주니까 고맙더라.

**도윤**

야. 그것도 당연한 거야. 서로 도우면서 살아야
한다는 걸 누가 알려줘서 알아? (애기장대를 가리키며)
얘네도 알아. 그건 그냥 자연스러운 거지.
거기 꼭 무슨 이유가 있어? 자연스러운 행동에는
기대하는 마음이 없거든. 그잖아. 근데 미워하고,
화낼 때는 기대하잖아. 저 새끼 존나 상처 받았으면
좋겠다. 어? 나는 – 그래서 나는, 사람 안 미워해.
피곤하잖아. 그치. 피곤해. 너무 너무 –
누굴 미워할 땐. 너무 피곤해. 에너지를 너무 많이 써.

**혜경**

요즘 누굴 그렇게 미워하니.

**도윤**

세상에 개새끼가 너무 많아.
나 빼고 다 개새끼야.

**혜경**

맞아. 세상엔 개새끼가 너무 많아.

**도윤**

너. 그래! 너도 사람인데!

**혜경**

나도 짜증나.

지연 언니 임신해서 일 떠안았을 때도
너무 싫었고, 예지가 뒷정리 안 하고 가서 테이블에
남은 가루 치울 때도 화나고. 잘 치우라고 말하면
싱긋 웃으면서 '네 언니' 하는 예지 얼굴 보면
나만 바보된 것 같고. 폐기물 박스 쌓여있는 거 보면
내가 폐기물 된 것 같아. 나도 여기 좋아서 있는 거
아니야. 단지—

**도윤**

단지?

**혜경**

갈 데가 없어서?

**도윤**

갈 생각을 한 적은 있어?

**혜경**

(작게 끄덕인다) 응.

**도윤**

그럼 (연구실을 어슬렁거린다)
지금 너한테 최고의 개새끼는 누구야?

**혜경**

음…

**도윤**

가족 빼고. (벽에 기대다 형광등 스위치를 끈다)

**혜경**

(기가 차다는 듯 웃는다) 가족 빼고.

**도윤**

쏘리 (스위치를 켠다) 누구야?

**혜경**

··· 작년에 정전된 적 있었는데
그날 길에서 아빠한테 맞는 애를 봤어.
여기 바로 앞에서.

**도윤**

아···

**혜경**

근데 교수님이 그랬어. '그런 애들은 커서 뭐가 될까?'

**도윤**

(작게 탄식) 아··· 인정.

**혜경**

(웃는다) 넌 누구한테 그래본 적 없나 보다.

**도윤**

··· 있겠지만.

**혜경**

있겠지만?

**도윤**

너한텐 아니잖아. 그러니까 너한테
이런 소리 하는 거지. 서로한테
개새끼 아닌 사람들끼리 이런 얘기 하는 거지.
(혜경의 눈치를 본다)
아니야?

**도윤**

야. 귀화 식물 중에 우리나라에 천적이 없는데도
죽는 애들 있다?

**혜경**

(도윤을 본다) …

**도윤**

걔네가 살던 데서는 천적이 많았던 거지.
그래서 열심히 독을 만들었어. 천적으로부터 자기를
보호해야 되니까. 그땐 그래야 되니까.
근데 그 개체가 신발타고 배타고 우리나라로 왔잖아?
여긴 천적이 없어. 그냥 맘 편하게 살면 되거든?
근데 그게 안 돼. 왜? 씨앗이 기억하는 거야.
예전에 살던 데를. 그래서 아무도 공격을 안 하는데도
계속 독을 만드는 거야. 안 만들어도 되는데.
기억하니까! 어? (사이) 그러다 그 독에 자기가 죽어.
이제 그냥 살아도 되는데.

**혜경**

… 충분하지 않았겠지.

**도윤**

뭐가?

**혜경**

안전하다는 걸 믿는 데까지 필요한 시간이―
(사이)
한번도 안전해 본 적 없는 개체가
자기가 안전하다는 걸 어떻게
쉽게 믿을 수 있겠어.

### 도윤

(혜경의 말을 생각해본다) …

### 혜경

태워줘. 안 그럼 안 갈 것 같아.
진짜 가기 싫거든.

### 도윤

그럼 가지 마.

혜경이 웃더니 짐을 가지고 먼저 나서며 불을 끈다.
도윤이 따라 나간다.

잠시 후,
은주가 연구실로 들어온다.
불 꺼진 연구실을 가만히 보더니 불을 켜지 않고 자리로 간다.
노트북을 켜고 이메일을 확인하는 중에 전화가 온다.


정호의 메일

울릉도 '섬나무딸기'는 다른 딸기와 달리 가시가 없다.
천적이 없다는 뜻이다.
노루 같은 포유류에게 뜯어먹힐 일이 없으니-

### 은주

(전화 받는다)
어.
(사이)
표충사로 바로 갈게. 어.
(사이)
뭐하러. 엄마한텐 내가 말할게.

아으 싫어. 어. 내가 말해.
당신 신경 쓰지 마.

혜경이 들어와서 불을 켠다. 손에는 연구노트를 들고 있다.

**혜경**

교수님.

**은주**

(기다리라는 손짓하며)

어. 알았어. 들어가. 어.

(전화를 끊는다)

어. 지금 가나?

**혜경**

네.

**은주**

목요일?

**혜경**

네.

**은주**

과제는.

**혜경**

지연 언니가요. 혹시 몰라서
(연구노트를 들어보인다) 두고 가려고요.

**은주**

어, 잘 다녀오고.

**혜경**

네.

**은주**

혜경이 박사 끝내고
어디 생각해? 포닥 할 거지?

**혜경**

아직… 생각 안 해봤어요.

**은주**

이제 생각해야지.

**혜경**

네.

**은주**

박사 기간에 주저자 세 편이면
나쁘지 않잖아.
해외는 생각 안 해봤어?

---

사이

---

**은주**

응?

**혜경**

교수님.

**은주**

어.

**혜경**

환경 스트레스 연구요.
저는 조건을 수정하거나, 그래도 안 되면
다른 주제를 찾아야 한다고 생각해요.

**은주**

(웃는다)
왜?

**혜경**

재현성이 너무 떨어지잖아요.

**은주**

(다시 웃는다) 실수한 거 없나
하나씩 되짚어봐.

머터리얼에 문제 없는지.
크리티컬 포인트도 확인하고.

**혜경**

해봤어요.

**은주**

그럼 다시 키워서 재실험 하고.

**혜경**

그것도 했고요.

**은주**

그럼 한 번 더 다시 키워서
재실험 하고.

**혜경**

…네.

**은주**

어… 잘 다녀와.

**혜경**

네.

혜경. 인사하고 연구실을 나선다.
은주는 읽다 만 정호의 메일을 본다.

정호의 메일

울릉도 '섬나무딸기'는 다른 딸기와 달리 가시가 없다.
천적이 없다는 뜻이다.
노루 같은 포유류에게 뜯어먹힐 일이 없으니
가시는 필요 없어졌고, 잎은 실없이 커졌다.
그래서 학자들은 '섬나무딸기'를 울릉도가 빙하기에도
육지와 연결되지 않았던 증거로 본다.
이제 울릉도도 강릉에서 포항에서 뱃길로 연결되어
쉬이 오갈 수 있다.
그래도 '섬나무딸기'가 제 발로 배타고 울릉도 밖으로

나오지는 않겠지.

울릉도에서 정호



은주, 노트북을 닫고 자리에서 일어난다.
연구실 불을 끄고 나간다.
그러다 복도 끝에서 다시 돌아 연구실로 들어온다.
자리로 가서 노트북을 열어 메일의 '답장' 버튼을 누른다.
한참 동안 아무 글자도 적지 못하다가 '취소' 버튼을 누른다.

암전

실험재료
및
방법
4
식물체의
환경 스트레스
처리
3)
환경 스트레스
관련 유전자
발현 조사 2

무대 밝아지고 곧 지연이 들어온다.

**은주**

어. 뭐래?

**지연**

좀 토했다는데, 지금은 또 잘 놀아서
일단은 병원 안 가기로 했어요.

**은주**

다른 애들은?

**지연**

괜찮대요. 그래서 음식 문제는
아닌 것 같다고.

**은주**

요즘 어린이집 식중독 유행이래.

**지연**

네… 그건 아닌 것 같아요.
장염기가 있나.

**은주**

혹시 모르니까
뭐 먹이지 말라고 해.

**지연**

네. (문자 메시지를 쓴다)

**은주**

진짜 안 가봐도 돼?

**지연**

네. 상황 보고 다시 전화 달라고
했으니까. 연락주시겠죠.

**은주**

어.

**지연**

(웃는다) 그리고 남편이 가까이 있어서
연락 오면 먼저 가면 돼요.

**은주**

응…

---

사이

---

**은주**

진짜 가봐도 되는데.

**지연**

… 괜찮아요, 교수님.

**은주**

어.

지연은 하던 실험을 계속한다.

**은주**

또 연락 오면 바로 가.

**지연**

네.

**은주**

어.

인범이 들어온다.

**인범**

안녕하세요.

**지연**

어. 인범.

**인범**

안녕하세요, 교수님.

**은주**

어.

인범은 은주에게 소포를 전한다.

**인범**

교수님. 여기.

**은주**

어.

인범, 소포 내용이 궁금해서 잠시 서 있다가,
배양기 속에 있는 애기장대 사진을 찍는다.

**인범**

이거 겉보기엔 별로 차이가 없네요?

**지연**

응. 그렇더라.
잎이나 뿌리 스펙트럼이
다를 수도 있어.

**인범**

차이가 많이 나야 좋은 건가요?

**지연**

차이가 날 거라고 추측하는 건데 -
꼭 많이 나야 좋다기보다
얼만큼의 차이가 난다 -는 걸
기록하는 거지. 그럼 또 조건을
달리 해서 차이를 알아보고.

**인범**

아… 오랫동안 연구했는데
아무 일도 안 일어나면
그것도 좀 그렇겠네요.

**은주**

내가 석사 졸업논문연구
얘기한 적 있나?

**인범**

아니요.

**은주**

본실험 들어간 지
6개월 됐을 때. 내가
유전자 명칭을 잘못 알아서
엉뚱한 유전자로 실험했다는 걸
알았거든.

**인범**

예?

**은주**

웃기지?
지금 생각해도 어처구니 없는
실수였는데. 그때는 정말 심장이
까맣게 타들어간 기분이었어.
뭔지 알아?
진짜 숨이. 안 쉬어져.
하- 그때 내가 뭘 알았겠어.
실험 다 폐기하고 다시
시작하긴 했는데,
그게 결국 논문 기일에 맞추다
보니까 마음이 급해져서
실패했어.

**인범**

오 노오오-

**은주**

그런데 몇 년 후에 보니까.
내가 명칭 잘못 알았던
그 엉뚱한 유전자 있잖아.
그게 내가 찾던
변형 유전자였던 거야.

**인범**

대박.

**은주**

그거 알고 동기들이
얼마나 놀려먹었다고.
폐기 안 하고 계속 연구했으면
학술지에 실렸을 거라면서.

**인범**

교수님께 이런 흑역사가.

**은주**

인간적이지.

**인범**

네.

은주가 소포를 열어본다.
인범이 옆에서 기웃거린다.

**인범**

보통 딸기나무보다 잎이 넓네요.

**은주**

어이구? (웃는다)
원래 '자란' 식물이랑
'키운' 식물은 달라.
사람이 키운 식물은 음…
인간적인 식물이 되는 거거든.
사람이 만든 환경에 맞춰서
키워지는 거니까.
같은 종이라도. 응.

**지연**

마트 가면 다 똑같이 생긴
당근만 있잖아. 그런 거 보면 좀
징그러울 때 있어요.

**은주**

사람이 키우는 건
유전적으로 봤을 때는 다양성이
없어. 사람이 만든 환경에서
잘 자라도록 만든 거니까.
원래 생물이라는 건 다 각자
달라지고 싶어 하는데

그걸 똑같이 만든다는 게…

(지연을 보며)

징그럽기도 하지.
최정호는 그런 걸 찾아다니는
거거든. 세상에 이렇게 다양한
종이 있고, 다양한 환경에서
각기 다른 모습으로 살아간다.

**인범**

(잠깐 사이)

근데 사람한텐 안 그러잖아요.
'식물은 이렇게 다양하구나. 와-'
감탄하고. '기록하고 보존하자.'
왜 사람한테는 안 그러는 거예요?

**지연**

사람은 사람이 키우잖아.
어떻게든 분류하지 않고는
못 배기는 게 인간의 습성인데.
다양하게 살 수도 없고. 또
그 꼴을 못 보지.

**은주**

누구는 다양성을 찾아다니는데
누구는- 여기서 똑같이
잘 자랄 똑같은 식물을
만들려는 것처럼.

**지연**

아…

**은주**

(인범에게 표본을 건네며)

이거 표본실 정쌤한테 전해줘.

**인범**

네, 알겠습니다.

(표본을 받는다)

**은주**

드리면 알아.

최정호 교수 거라고.

지연의 휴대전화 진동이 울린다. 지연, 메시지를 확인한다.

**인범**

그럼, 다녀오겠습니다.

**은주**

어-

인범, 나간다.

**은주**

연락 온 거면 가봐.

**지연**

아. 아니요. 다른 연락이에요.

**은주**

… 가지.

**지연**

네?

**은주**

아니.

**지연**

… 진짜 괜찮아요, 교수님.

　　　　　　　　　　　은주

　　　　　　　　　어.

지연은 다시 실험에 집중해보려 하지만
은주의 관심이 신경 쓰인다.

　　　　　　　　　　　은주

　　　　　　　　　애기장대는 말을 못 하니까.
　　　　　　　　　잘 크고 있나. 잎이 시들한가.
　　　　　　　　　계속 지켜보게 되잖아.
　　　　　　　　　다 뜯어서 현미경으로 속까지
　　　　　　　　　들여다보고. 뭐 걔네가
　　　　　　　　　목마르다고 나한테 전화할 거
　　　　　　　　　아니니까.
　　　　　　　　　(짧은 사이)
　　　　　　　　　사람이 더 쉬울 것 같은데.
　　　　　　　　　말을 하니까. '목말라',
　　　　　　　　　'배고프다', '아프다', '아야'.
　　　　　　　　　그래서 그 생각을 못하게 돼.
　　　　　　　　　(사이)
　　　　　　　　　아이들은 아프지 않은 척할 수
　　　　　　　　　있거든. 사람은 그렇잖아.
　　　　　　　　　왠지 괜찮은 척하게 되잖아.

다시 지연의 휴대전화 문자 메시지 진동이 울린다.
지연이 확인하더니.

　　　　　　　　　　　지연

　　　　　　　　　교수님.

　　　　　　　　　　　은주

　　　　　　　　　어.

**지연**

저-

(곤란한 듯한 손짓을 한다)

**은주**

어. (사이) 가봐.

**지연**

네, 감사합니다.

(급히 가방을 챙기고는)

전화드릴게요.

지연, 나간다.
은주 혼자 연구실에 남아있다.
배양기 문을 열어 애기장대를 살피다
하나를 꺼내 가까이 들여다본다.
배양기의 조건 설정을 확인하고, 기록을 넘겨보더니
답답한 듯 숨을 내쉬고, 문을 닫는다.
잠시 후, 불을 끄고 연구실을 나선다.

같은 날, 저녁이 된다.

혜경이 불 꺼진 연구실로 들어온다.
연구실을 천천히 둘러본다. 가방을 놓고, 배양기 문을 열어 본다.
한참을 배양기 속 애기장대를 들여다본다.
전화벨이 울리지만 받지 않는다.

긴 사이

전화벨이 멈춘다.
순간, 배양기 속 애기장대를 모두 꺼내더니
하나씩 쓰레기통에 처넣는다.

그 사이 도윤이 들어온다.
잠시 멈춰서 혜경의 모습을 본다.
혜경이 배양실에서 남은 애기장대를 꺼내는데 도윤이 막아선다.
선뜻 말을 꺼내지 못한다.

####  도윤

하지 마. (사이) 야. 그러지 마.
니가 매일매일 잘 있나 보고,
어? 얼마나 자랐나 보고. 그랬는데.

#### 혜경

… 그런데 실패했거든. 실험.
얘들은 이렇게 크면 안 됐거든.
내가 설정한 환경에서는 제대로
못 자랐어야 되는 건데. 그런데…
(애기장대를 쥔 손에 힘을 준다)
지금 얘네는 살았잖아.
그래서 어차피 실패한 실험체라고.

####  도윤

그렇지… 연구자 입장에서는…
그러니까 사람 입장에서는 그렇지.
그래도 쟤들 입장에서는 최선을 다해서
살아남은 거잖아. 어? 그러니까…
결국 버릴 거라도 이런 식으로 버리지 마. (짧은 사이)
응?

도윤이 바닥에 떨어진 흙을 빗자루로 쓸어 담는다.
괜히 이런저런 이야기를 꺼낸다.

**도윤**

야. 나는 가끔 이런 거 보면 감동적이었어.
아- 난 연구자보단 원예 쪽인데. 와. 대단하다.
나보다 낫다. 그런… 그런 생각도 들어.
(사이)
실험할 땐 상태를 보고 어떤 영양소가 부족한지
유추하고 그러잖아. 잎이 갈색으로 타고 들어가면서
시들시들하다. 그럼 질소가 부족하구나.
대체로 추측이 맞지. 사람 아플 때 원인 밝혀내는
것처럼. 그런데 그런 상태가 오래 지속되면-
사람도 그렇지만 살리기 쉽지 않고.
일단은 그런 걸 잠재울 약을 주고. 다시 도전할
아이들을 기다려… 그걸 버틸 힘이 있는 아이들을.
우리 눈에는 안 보이지만 안에서 끊임 없이
뭔가가 일어나고 있어. 니가 그랬잖아.
쟤들도 조용하지 않다고. 그래서 그걸 버틴 애들은
우리 눈엔 작거나 못생겼거나 할 수 있겠지만.
그래. 그런 상태라도 살아남은 거지.
이걸 인간의 관점으로만 보면 좋은 상태는 아니지.
어- 상품성이 떨어지니까. 못생긴 당근은 안 사잖아.
그런데 또 그렇게 용하게 잘 살아남은 애들은
시간이 지나면 그걸 얼추 회복하는 것 같더라.
(사이)
…응

도윤이 혜경을 살피다 다시 바닥에 떨어진 흙을
빗자루로 쓸어 담는다.
몇 번의 비질하는 소리가 사악– 사악 들리는데,

**혜경**

기다리는 전화가 있었어. 명절마다.

**도윤**

··· 어.

**혜경**

아빠가 죽었다는 전화.
어디 혼자 살다 죽은 걸 아무도 모르다가.
그래도 명절엔, 우리 착한 친척들이
연락했다 알게 돼서 나한테도 전화가
오지 않을까. 가끔 경찰서나 뭐 병원 같은 데서
연락 올 수도 있겠다– 생각했거든.
근데 진짜로 전화가 왔어.
경찰 아니고 병원 아니고 국민연금.

**도윤**

어?

**혜경**

국민연금. 6개월 치만 내면 석 달 뒤부터
연금 받을 수 있는데 체납하고 연락도
안 된다고. 따님은 연락 되시냐고.
(사이)
죽었다는 연락 오면 이렇게 받아야지.
늘 생각했는데. 아버지랑 연락 되냐고.
연락 안 되면 아버지 연금 딸이 좀 대신
내주는 건 어떠냐고. 6개월 치만 더 내면.
이제 죽을 때까지 연금 받는 건데,

너무 아깝지 않냐고. 아니… 그 상담원이 막 너무
안타까워하는 거야. 자기 연금도 아니면서.

(사이)

그래서 내가 오늘 그걸 내고 왔거든.
48만 6천원. 거기까지 가서 '아 그 사람은 아직
살아있구나' 그걸 확인했어. 돈까지 내고.
꼭 직접 와서 딸이라고 쓰고 내래.
다른 건 다 그렇게 자동으로 바꾸면서
왜 그런 거 하나 안 바꾸는 건데? (짧은 사이)
돈 내는데 살짝 우월감 같은 거 느껴지더라?
근데 직원이 그래. '전화 돌려도 진짜
오시는 분 없는데 대단하세요.'
그걸 왜 그때 얘기해? 진짜 거지 같애.
앞으로 매달 16만 6천 3백 20원씩 받을 수 있대.
죽을 때까지.

(사이)

그래서 이제 전화 안 기다리려고. 오래 살 것 같아.
나보다 더 오래 살지도 몰라. 연금 받으면서.

혜경이 도윤에게서 빗자루를 뺏어 흙을 치운다.
혜경이 비질하는 사악-사악 소리만 들린다.

암전

연구실이 천천히 밝아지고, 잠시 후, 인범이 들어온다.
짐을 풀다 쓰레기통 가득 담긴 애기장대를 발견한다.
배양기를 열어 상황을 확인하고, 놀라서 휴대전화를 꺼내는데
어디에 걸어야 할지 몰라 머뭇거린다.
그때, 지연이 시간을 확인하며 헐레벌떡 들어온다.

**지연**

(가쁜 숨을 몰아쉬며)

**안녕!**

**인범**

선배님…

**지연**

(여전히 숨을 몰아쉬면서)

왜?

인범이 배양기 문을 더 활짝 열어 지연에게 보여준다.
지연이 안을 들여다본다.
인범이 쓰레기통을 손으로 가리킨다.

**지연**

무슨… 이거 혜경이 거야? …
다른 덴? 배양실은?

지연, 배양실로 들어가더니 곧 복잡한 표정으로 나온다.

**인범**

왜요?

**지연**

일단 교수님께 연락드리고.
아니, 교수님께는 내가 연락드릴게.
너는 혜경이한테 연락해.
오늘 오는 날이지?

**인범**

네.

인범이 혜경에게 전화를 거는데 벨 소리가 가까이서 들린다.
혜경이 연구실로 들어온다.

**인범**

선배님!

**혜경**

어.

**지연**

(은주에게 전화 걸지만 신호음만 가고 있다)

혜경… 왔더니 누가 연구실을
다 뒤집어놨어. 지금 교수님께
전화 중인데. (전화가 끊어진다. 다시 건다)
아- 왜 안 받으셔. 일단 신고하자.

**혜경**

제가 그랬어요.

**지연**

(수화기 너머 은주가 전화를 받았다)

아… 잠시만요, 교수님-

(전화를 끊고, 혜경에게)

어?

**혜경**

제가 그랬어요. 어제.

인범은 대책 없이 그저 서 있다.
지연이 짧게 호흡을 내뱉는다.

**지연**

너… 왜...?

(긴 사이)

니가 이랬다고?

**혜경**

(작게 고개를 끄덕인다)

네.

**지연**

너 미쳤어?

**혜경**

우리 연구윤리 위반하는 거 같아서요.

**지연**

아니? (짧은 사이) 왜.

**혜경**

조건을 바꾸지도 않고
가설을 수정하지도 않고
같은 실험만 반복하는 거요.
셋업 문제가 아니라
네거티브가 나왔는데
계속 반복하라는 게.
결과를 조작하자는 거잖아요.

**지연**

아니. (짧은 사이)
너 어떻게 조작이라는 말을
그렇게 쉽게 해?
연구윤리건 조작이건
가설이 틀렸건… 니가 뭔데.
애기장대를… 쓰레기통에 버려?
이게… 이게 결국 우리가 원하는
결과를 내지 못했어도, 결과를
내지 못했다는 결과는 내게
해줘야지. 니가 저렇게 쓰레기통에
버리면? 애기장대만 죽은 거 같아?
너는 그동안 여기에만 매달렸던
사람들- 그 사람들 시간 싸잡아서
쓰레기통에 처넣은 거야.
너 방법이 이거 밖에 없었다,
그런 헛소리는 하지 마.
(사이)
니가 말한 것도 가설이야.

결국은 조작하게 됐을 거라고
추측한 거지.

지연, 전화를 걸며 나간다.
인범은 아직도 당황한 채 서 있다.

**혜경**

너는 안 물어봐?

> **인범**
>
> 물어봐도 돼요?

**혜경**

… 어.

> **인범**
>
> 왜 식물학자가 되려고 하신 거예요?

**혜경**

…

혜경, 답하지 못한다.
인범은 혜경에게서 들을 말이 없다는 것을 알고 나간다.
문이 세차게 '쾅-' 소리를 내며 닫힌다.

잠시 후, 은주와 지연 연구실로 들어온다.
은주가 배양실을 살펴본다.

> **은주**
>
> 이게 뭐하는 짓이야.

**혜경**

죄송해요. 제가- (사이)
이렇게 한 거 진짜 잘못인 거 아는데.

> **은주**
>
> 내가 다시 키워서 재실험

하라고 했잖아. 근데 이게 뭐-
뭐하는 거야?

**혜경**

재실험 했는데도 결과가 같으면요?
가설을 수정하셨을까요?

**은주**

가설? 무슨 가설….
무슨 가설?! 가설이 뭐.
가설이 잘못 돼서 지금
이- 이- 짓을 했다는 거야?
너 지금 제정신이야?
어떻게 자기 실험체를
버릴 수가 있어.

**혜경**

교수님-

**지연**

(혜경의 말을 막는다)

정혜경.

(그만하라고 손짓하며 혜경에게 가서 조용히)

잘못했다고 해.

(사이)

왜 그래 진짜. 너 어디 문제 있어?

**혜경**

(지연을 본다)

…

**지연**

정신차려. 잘못했다고 하고
다시 얘기해.

**은주**

(쓰레기통 속 애기장대들을 본다)

충분히 했어? 응?

너 충분히 안 했잖아.

**혜경**

반복 재현 안 되고 있고-
계속 이렇게 진행하는 게
시간도 연구비도 다 버리는 것 같고.

**은주**

원래 재현성이라는 게 어려워.
어. 하다 보면 회의감 들기도 해.
지겨울 정도로 반복해야 하니까.
미묘한 차이를 계속 피드백
하면서. 그러다 보면 사소한
프로토콜이나 컨디션들이
점점 표준화 되는 거야.
실험은 원래 무한 반복이야.
결과를 얻기 위해서 계속
반복해서 실험하는 거야,
결과를 얻기 위해서.
그게 최선을 다하는 거거든.
그렇게 해야 충분한 거지.
내가 뭘 잘못했는지, 어디에서
실수했는지 하나하나 찾아서
수정하고 수정해서. 그래.
증명하는 거야. 증명할 수 있어.

**혜경**

… 그래서 데이터 조작하신 거예요?

**지연**

(놀라서 혜경을 본다)

**혜경**

이미지 중복 사용하신 거 봤어요.
그게 증명하는 거예요?
그냥 감추고 모르는 척하는 거 아니고요?

애기장대는 그냥 애기장대예요.
… 뭘 증명하시려고요? 교수님.

은주, 답하지 못한다.

**혜경**

그때요. 2학기 개강 앞두고 있었는데.
기억나세요? 전 그때 교수님이 돌아오지 않을 수도
있겠다. 생각했거든요. '내 논문은 어떻게 되는 거지',
'졸업을 못할 수도 있겠다…'. 그런데 금방 오셨어요.
논문도 열심히 봐주시고. 처음엔 좀 의아했는데.
어느 순간 이해가 됐어요. 아… 여기로 숨으신 거구나.
여기는 안전하니까. 이전이랑 달라지셨다고
느낄 때도 '그럴 수 있지' 하면서 이해했어요.
계속 결과를 부정하시는 것도 이해해보려고 했어요.
교수님이 틀렸다는 게 용납이 안 되시는 거죠.
교수님이 틀린 거면. 그러면 애가 죽겠다고
물에 뛰어들 때까지 아무것도 하지 않은 사람이
되는 거니까. 그렇게 멍청하고 끔찍한 부모가 되는 게
싫으신 거잖아요.

**지연**

혜경!

**은주**

아니야.

**혜경**

교수님이 지금도 자기 걱정이나 한다는 거 알면
태연이는 엄마가 얼마나 끔찍할까요.

은주, 답하지 못하고 한심하게 서 있다.

**혜경**

정말 잘못한 게 있을까 봐 무서운 거잖아요

**은주**

나는…

**혜경**

교수님, 왜 사이비과학자가 되려고 하세요?
뭘 증명하시려구요.

사이

세 사람 뒤로 숲 속 나무와 풀들이 조용히 움직이는 모습이
보인다. 그러다 누군가 풀숲을 헤치며 지나간다.
혜경이 그 소리에 놀라 뒤를 돌아보면 풀숲은 사라지고
아무도 없는 연구실이다.
배양기 돌아가는 소리와 컴퓨터 서버 돌아가는 소리만 들린다.

# 결과 및 고찰

연구실은 여전히 비어있고, 배양기는 계속 돌아가고 있다.
혜경과 도윤이 연구실 앞 복도로 들어선다.
혜경의 손에는 논문이 들려있다.

**혜경**

그냥 우편으로 보낼 걸 그랬나.

> **도윤**
>
> 그래도 직접 와야지.
> 여기 몇 년을 쏟아 부었는데.
> 마지막이잖아.

**혜경**

응. 교수님 오시기 전에 가.

> **도윤**
>
> 인사하고 갈 건데.

**혜경**

왜?

> **도윤**
>
> 나도 박사할까 싶어서.

**혜경**

니가?

> **도윤**
>
> 우리 팀에 나 빼고 다 박사거든. 그러니까
> 필드 어머니들이 나한테도 계속 '박사님' 그러잖아.
> '전 박사가 아니에요. 석사입니다.' 하는데. 석사가
> 뭔지 모르셔. 설명해줘도. 그냥 박사래. 영 찝찝해.

**혜경**

너도 그 어머니들한테 '박사님' 이라고 해.
필드에서는 너보다 더 박사님 같을 거잖아.

**도윤**

맞아. 오. 그래야겠다.

........................................................

사이

........................................................

**혜경**

진짜 안 가?

**도윤**

교수님 은근 나 좋아해.

지연이 바쁜 걸음으로 복도에 들어선다.

**지연**

어…

**혜경**

언니.

**도윤**

누나 안녕하세요.

**지연**

어… 교수님?

**혜경**

네.

**지연**

(도윤을 한심하게 본다)

x

**혜경**

너도 그 어머니들한테 '박사님' 이라고 해.
필드에서는 너보다 더 박사님 같을 거잖아.

**도윤**

맞아. 오. 그래야겠다.

사이

**혜경**

진짜 안 가?

**도윤**

교수님 은근 나 좋아해.

지연이 바쁜 걸음으로 복도에 들어선다.

**지연**

어…

**혜경**

언니.

**도윤**

누나 안녕하세요.

**지연**

어… 교수님?

**혜경**

네.

**지연**

(도윤을 한심하게 본다)

161

너도?

**도윤**

뭐, 네.

지연이 연구실 문을 열고 들어간다.
서둘러 페이퍼를 정리하고 실험 일정을 체크한다.
혜경, 선뜻 들어가지 못하다 조심스럽게 한 걸음 내민다.
꼭 처음 와보는 곳처럼 새삼스럽게 연구실을 둘러보는데.

**도윤**

누나. 연구실 정해지셨어요?

**지연**

어? 어.

**도윤**

해외로?

**지연**

어.

**도윤**

오- 우와. 자리 얻기 어렵지 않아요?

**지연**

음… 뭐.
(사이)
동양인 여자라서 뽑힌 거야.

**도윤**

에이-

**지연**

올해 거기가 소수인종을 채용해야
했대. 기왕이면 여자로.

**도윤**

아무리 그랬어도 아무나 뽑나.
누나니까 뽑힌 거죠. (혜경에게) 그치? 어?

**혜경**

(도윤에게 그만하라는 듯 작게) 권또.

      **도윤**

      어?

**혜경**

축하드려요.

      **지연**

      어.

      **도윤**

      축하드립니다.

잠깐 사이

      **지연**

      교수님은 논문 철회하신대.
      사실상 떠밀려서 하는 철회지만.

**혜경**

죄송해요.

      **지연**

      조작은 인정 안 하실 거야.
      과정 중에 생긴 에러 정도? 그래서
      먼저 선수 치는 거지. 철회로.
      (사이)
      예전 논문들 다시 살펴봤어.
      내가 오기 전에 나간 것도.
      (사이)
      나는 이제 니가 쓰레기통에 처넣은
      실패들을 다시 꺼내서 확인할 거야.
      결과 나오면 알려줄게.

**혜경**

(지연을 본다) …

**지연**

왜?

**혜경**

아니에요.

**지연**

… 혜경, 좀 성의 없다.
지금쯤은 그럴 듯한 이유라도
준비했을 줄 알았는데.

지연이 페이퍼 정리를 마치고 나가려다가

**지연**

너는 나도 그렇게 생각한 거야. 어?
그냥 애 키우면서 설렁설렁 일하고
연구비나 타 먹고. 연구 윤리,
그런 건 신경도 안 쓰는.
양심 없는 교수에 그걸 눈감아 주는
포닥. 뭐 그런 사람. 웅?
나한테 말할 기회도 있었잖아.

**혜경**

알고 계신다고 생각했어요.

**지연**

교수님이 무리하게 진행한다는 건
알았지. 그런데 그런 일 늘 있잖아.
아직 포기할 만한 명확한 근거가
없었던 것도 맞잖아.
(혜경에게 더 말하려다가)
그래 뭐 내가 아는 게 다는 아니겠지.
갈게. (도윤에게) 간다.

**혜경**

네.

**도윤**

누나, 가세요.

**혜경**

아, 언니.

**지연**

어.

**혜경**

아… 인범이한테 인사 좀 전해주세요.

**지연**

(작게 끄덕인다)

어. 걘 이번에 알았을 거야.
목적이 취업, 의대, 학문적 성취
어느 것도 아닌 사람을
조심해야겠다. 난 개 관둘 줄 알았어.
인사는 전해줄게.

**혜경**

네.

혜경, 도윤 인사한다.
지연, 나간다

**도윤**

무섭네, 저 누나. 어우. 나 완전 쫄았어.

**혜경**

… 너. 가.

**도윤**

왜애.

**혜경**

하…

은주, 들어온다.

          **은주**

          (두 사람을 발견하고) 어.

**도윤**

교수님, 안녕하십니까.

          **은주**

          어. 넌 아직도
          혜경이 쫓아다니니?

**도윤**

이제 졸업했습니다.
혜경이가 졸업해서 저도 졸업.

          **은주**

          어. (테이블 위를 가리키며)
          홍 여사님이 주고 갔어.
          하지 감자.
          이거 누구 다 먹으라고
          이렇게 가져오신 거야, 정말.
          힘도 좋으셔. 좀 가져가.

**혜경**

네.

          **은주**

          권또 너도 좀 가져가.

**도윤**

교수님. 저희 회사도 감자 많이 키웁니다.

          **은주**

          참, 너 공무원이지?

도통 적응이 안 되네.

**도윤**

7급.

**은주**

와-

**도윤**

제가 시험운이 좀 좋거든요.

------

사이

------

**은주**

어… 그래.

------

사이

------

**혜경**

도윤이 박사하고 싶대요. 교수님.

**은주**

어?

**도윤**

어?

**혜경**

그치?

**도윤**

내가?

**혜경**

어.

**도윤**

그럼, 저는 감자를…

**혜경**

어. 가지고 가.

**도윤**

교수님, 그럼 저는 이만. 또 뵙겠습니다.

**은주**

왜?

**도윤**

네?

**은주**

또 봐?

**도윤**

또 오−

**은주**

왜?

**도윤**

아…. 스승의 날? (감자를 집어 든다)
그럼, 가보겠습니다.
(혜경에게) 차에 있을게.
(은주에게) 안녕히 계십시오.

**은주**

가.

도윤, 나간다.

**은주**

쟨 참 변함 없네. 학부 때나.

**혜경**

네.

**은주**

그래도 저런 명랑한 애가
있어야지.

**혜경**

네. (사이) 최정호 교수님처럼요?

**은주**

아우. 이 나이까지 명랑한 건
좀 그르타. 최정호도
언제 철드나 몰라. 그러다가
다리 다 망가졌을 때나 집으로
기어들어갈라고.
걔 와이프가 연애시절에 말이나
좀 더 걸어보려고 산을 그렇게
따라 다녔다. 그러다 산짐승
만나서 공포영화 몇 번 찍었대.
사람들이 다 지처럼 산타는 걸
좋아하는 줄 알아.

혜경이 논문을 내민다.

**혜경**

교수님, 여기.

**은주**

어. (혜경의 논문을 펼쳐보면서)
지연이는 연구소 정해졌어.

**혜경**

들었어요.

**은주**

어.

(사이)

박사 끝내고 공백 있는 거
안 좋아.

**혜경**

네.

**은주**

사이비과학자 추천서라도
필요하면 말하고.

**혜경**

…

은주, 논문 맨 앞장을 다시 펼치고 인준서에 서명한다.

**은주**

이제 끝났네.

은주가 혜경을 보는데, 혜경이 잠시 망설이다 조심스레—

**혜경**

이후로 그날 일에 대해서
한 번도 말씀하신 적 없으셔서요.
지연 언니나 인범이한테도
아무 말 하지 말라고 하신 거죠?

**은주**

어. (사이) 쪽팔려서.

긴 사이

**은주**

태연이는 왜 아무렇지 않은 척
했을까. 그냥 방학 동안
할머니 집에 있고 싶다길래.
응. 그러라고.
학회 발표 때문에 정신도 없고.
(어이없게 웃음이 난다)
거기 아무 것도 없는데.
가서 뭐해. 와이파이도 없어
거기. 별말도 안 했어. 진짜.
(사이)
아무리 돌이켜 생각해봐도
우리 애가 왜 그런 선택을
했는지 이해할 수 없더라.
사실 지금도 이해 안 돼.
어… 애 첫 번째 기일에
내가 그랬어, 애 아빠한테.
'우리 가설은 틀리지 않았어.
내가 증명할 수 있어. 이런 일이
생긴 건. 우리가 틀린 게 아니라
태연이가 돌연변이였던 거야.'
애 아빠가 그러더라.
'이 미친 사이비과학자야.'

다시 긴 사이
......................................................

은주, 논문을 건넨다.

**은주**

고생했어.

혜경이 논문을 받아 서명된 인준서를 한참 보더니

**혜경**

그 아이요.

(사이)

작년에. 정전된 날 교수님이
길에서 본 아이.

**은주**

(바로 떠올리지 못한다)

...

**혜경**

'그런 애들은 커서 뭐가 될까?'

(사이)

저는 걔가 어른이 될 거라고 생각해요.
잘 지켜봐 주기만 하면.

혜경, 은주에게 인사하고 나간다.
은주는 뒤늦게 혜경이 말한 아이를 떠올린다.
혜경이 연구실을 나오는데 복도로 들어서던 인범과 마주친다.
인범이 고개 숙여 인사한다.

**혜경**

어. 교수님 뵈러 왔어.

**인범**

아… 예.

**혜경**

그래도 얼굴 보고 간다.

**인범**

네.
(사이)
아 저… 선배님 논문 읽었어요.
이해는 다 못했는데. 마음이 좀 꿀렁- 했다
그럴까. 실험하면서 기다리고 찾던 게
꼭 없는 걸 찾는 것 같았는데. 논문으로
나온 걸 보니까. 이건가?
막- (말을 찾지 못하고) 그-

**혜경**

막- 그-

**인범**

뭔지 아시죠? 막-

**혜경**

어.

**인범**

네에!

**혜경**

영어 공부 미리 해 둬. 용어 때문에 그래.
알면 금방 이해될 거야. 실험 많이 보고,
전공 용어 익혀 두고.

**인범**

네. (잠깐 사이)
이제 박사님이네요?

**혜경**

어? (짧은 사이)

어. 그치.

**인범**

제가 세 번째로 본 박사예요.

아. 네 번째. 홍 박사님 다음.

**혜경**

영광이다. (웃는다)

혜경이 말을 더 건네려는데 도윤이 복도로 들어선다.

**혜경**

고마워.

**인범**

네. (혜경에게 인사한다) 저 그럼.

**도윤**

(인범을 발견하고 반가워하는데)

어- 가- … 안녕.

(허공에 손을 흔든다)

혜경, 인범이 들어가는 것을 보고 먼저 출발한다.

**도윤**

아, (혜경을 따라가며) 나 팬 하나 잃은 거지?

아, 요즘 랭킹 내려갔는데.

**혜경**

(웃는다) 예전에 잃었거든.

**도윤**

이런 중요한 시기에 이렇게 소중한 팬을 잃다니.

(사이) 유튜브로 진출해 볼까.

**혜경**

제발…

**도윤**

블로그는 너무 아날로그지?

**혜경**

아… 제발…

**도윤**

왜애- 같이 해. 어때?

**혜경**

(고개 젓더니) 거절하겠어.

**도윤**

후회하지 마라. (사이)
교수님은 뭐라셔?

**혜경**

그냥…

**도윤**

그냥… 뭐.

**혜경**

… 그냥 (은주와의 대화를 떠올리다 작게 웃는다)

혜경이 갑자기 걸음을 멈춘다.

**혜경**

그거 말이야. 전에 니가
귀화식물 얘기 해준 거.

**도윤**

어. (짧은 사이) 천적 없는데도 죽는 애들?

**혜경**

어. 이제 자기가 안전한 줄도 모르고
계속 독을 만들다가 그 독에 자기가 죽는다고 했잖아.

**도윤**

… 어. 왜?

**혜경**

… 그래도 살아있다면 믿게 될 거야? (사이)
이제 계속 안전할 테니까.

**도윤**

… 어.

**혜경**

…

**도윤**

믿었으면 좋겠다.

**혜경**

(작게 웃는다) … 어. 그럴 거야.

혜경이 다시 걷기 시작한다.

**도윤**

(생각이 번뜩여서)
'절레절레 지랄초' 어때?!

**혜경**

뭐?

**도윤**

유튜브 채널 이름. 진짜 키우기 힘들다는
지랄초들만 키우는 '유미의 절레절레 지랄초'!

**혜경**

하아- (고개를 젓는다)

혜경, 앞서 걸어간다.
도윤이 뒤를 쫓아간다.

두 사람이 지나간 연구실에서는 은주가 다시 연구를 시작한다.

막.

호프 자런, 『랩걸』, 알마, 2017

안희경, 『식물이라는 우주』, 시공사, 2021

마르 장송, 샤를로트 포브, 『보따니스트』, 가지, 2021

스테파노 만쿠소, 『식물, 세계를 모험하다』, 더숲, 2020

이나가키 히데히로, 『싸우는 식물』, 더숲, 2018

이나가키 히데히로, 『전략가, 잡초』, 더숲, 2021

박중환, 『식물의 인문학』, 한길사, 2014

이소영, 『식물의 책』, 책읽는수요일, 2019

이소영, 『식물과 나』, 글항아리, 2021

신혜우, 『식물학자의 노트』, 김영사, 2021

올리버 색스, 『올리버 색스의 오악사카 저널』, 알마, 2013

레이첼 카슨, 『침묵의 봄』, 에코리브르, 2011

에드워드 윌슨, 『창의성의 기원』, 사이언스북스, 2020

대니얼 샤모비츠, 『은밀하고 위대한 식물의 감각법』, 다른, 2019

윤대진, "식물의 고염 스트레스에 대한 반응 및 적응기작",
    『식물생명공학회지』 제32권 제1호, 2005

김성화, "식물학자 신혜우가 식물을 탐험하는 이유",
    〈론리플래닛매거진코리아〉, 2020년 10월 27일

    https://lonelyplanet.co.kr/magazine/articles/AI_00003414

이음희곡선
**잘못된 성장의 사례**
ⓒ강현주 2023

| | | |
|---|---|---|
| 지은이 | 강현주 | 처음 펴낸 날 |
| 펴낸이 | 주일우 | 2023년 8월 25일 |
| 편집 | 강지웅 | |
| 디자인 | PL13 | |
| 마케팅 | 추성욱 | |

펴낸곳 이음
출판등록 제2005-000137호 (2005년 6월 27일)
주소 서울시 마포구 월드컵북로1길 52, 운복빌딩 3층
전화 02-3141-6126
팩스 02-6455-4207

전자우편
editor@eumbooks.com
홈페이지
www.eumbooks.com
인스타그램
@eum_books

ISBN 979-11-90944-79-3 04810
      978-89-93166-69-9 (세트)

값 12,000원

\*